想象另一种可能

理
想
国
imaginist

花森安治の編集室
『暮しの手帖』ですごした日々

编辑部的故事

花森安治与《生活手帖》

[日] 唐泽平吉 著　张逸雯 译

书海出版社

HANAMORI YASUJI NO HENSHU-SHITSU "KURASHI NO TECHO" de Sugoshita Hibi by
KARASAWA Heikichi
Copyright©1997 KARASAWA Heikichi
All rights reserved.
Original Japanese edition published by Shobunsha, in 1997.
Republished as paperback edition by Bungeishunju Ltd., in 2016.

Chinese (in simplified character only) translation rights in PRC reserved by Shanghai Still Mind Media Studio, under the license granted by KARASAWA Heikichi, Japan arranged with Bungeishunju Ltd., Japan through CREEK & RIVER Co., Ltd., Japan and CREEK & RIVER SHANGHAI Co. Ltd., PRC.

摄影：唐泽平吉、河津一哉（90—93，265页）、中川显（121，210页，228页上图）

版权合同登记号：图字04-2020-011号

图书在版编目（ＣＩＰ）数据

编辑部的故事：花森安治与《生活手帖》/（日）唐泽平吉著；张逸雯译. —— 太原：书海出版社，2020.12
ISBN 978-7-5571-0074-2

Ⅰ. ①编… Ⅱ. ①唐… ②张… Ⅲ. ①回忆录－日本－现代 Ⅳ. ①I313.55

中国版本图书馆CIP数据核字（2020）第234954号

编辑部的故事：花森安治与《生活手帖》

著　　者：	[日]唐泽平吉
译　　者：	张逸雯
责任编辑：	李　鑫
复　　审：	贺　权
终　　审：	梁晋华
特约策划：	拙考文化
内文制作：	李丹华

出 版 者：	山西出版传媒集团·书海出版社
地　　址：	太原市建设南路21号
邮　　编：	030012
发行营销：	0351-4922220　4955996　4956039　4922127（传真）
天猫官网：	https://sxrmcbs.tmall.com　电话：0351-4922159
E - m a i l：	sxskcb@163.com　发行部　sxskcb@126.com　总编室
网　　址：	www.sxskcb.com

经 销 者：	山西出版传媒集团·书海出版社
承 印 厂：	山东韵杰文化科技有限公司

开　　本：	787mm×1092mm　1/32
印　　张：	8.75
字　　数：	133千字
版　　次：	2020年12月　第1版
印　　次：	2020年12月　第1次印刷
书　　号：	ISBN 978-7-5571-0074-2
定　　价：	49.00元

如有印装质量问题请与本社联系调换

从 1 号至 100 号,无论哪一期,我都亲自参与采访、拍摄、撰写原稿、排版、绘制插图、校对,这是作为编辑的我最大的存在价值,既是一种乐趣也是我的骄傲。

——花森安治

目 录

中文版序言 001

被称为手艺人的天才媒体人 005

相遇花森安治 013

鼠褐色也未尝不可 024

成为弟子也不轻松 032

生活手帖社的常识 042

我的商品测评入门 050

别做败犬 060

御当班桑的一天 067

研究室的味噌汤 078

三张桌子,三种工作 085

编辑会议只"会"不"议" 097

文章要像说话一样写 106

相机与标准镜头 116

《一个日本人的生活》余话 125

美食里藏着诗 134

美好星期天 143

德国之绿,意大利之褐,日本之青 153

"装钉"也追求一流 161

魔鬼主编也曾是"佛陀" 175

悬疑小说与落语 182

挑战"月代头混蛋" 193

眼高手低 201

藏蓝贝雷帽与白夹克 207

不知战争的孩子们 216

奈部先生的眼泪 226

文字就是编辑的生命 234

屹立于岸边的一根木桩 245

"谢谢大家" 256

后记 267

文库版后记 270

中文版序言

拙作初版于 1997 年,当时距花森安治离世已过去十九年,但市面上关于这位稀世主编的书籍却并不多见,对其天才的认知也如雾里看花。因此,作为花森先生曾经部下的我,所写的内容很快收获了不少关注和好评,有幸被广泛阅读。我所记录的花森安治的独特言行,增进了读者对这位天才主编的亲切感;他至死站在编辑第一线的姿态,也进一步加深了人们对他的信任。

花森安治生于 1911 年。大学毕业后,他很快被征兵入伍。他因残酷的兵役生活而患上肺结核,被遣返回国后,在战争宣传机关工作。但日本战败后,花森先生在反省和誓不再参与战争的同时,带着和平而富足的社会愿景和为普通人生活给予帮助的决心，和大桥镇子女士一同创办了一本杂志，便是《生活手帖》。

在《生活手帖》的舞台上，花森安治充分发挥了他的设计天分和自在的文字风格，展现了三头六臂般的编辑才能。作为一本商业杂志，《生活手帖》却从未刊载过任何企业的宣传广告。不仅如此，花森先生还策划了商品测评的板块，以一视同仁的公正和清晰明确的数据公开给商品打分，为日本家庭用品的品质提升做出了贡献。这样的编辑方针也获得了普通民众的支持，让《生活手帖》一跃成为日本国民杂志。在鼎盛时期，杂志销量达到一百万，花森安治甚至被称为"改变了日本人生活的男人"。

拙作刊行后，曾有不少人向我提出质疑。我的记述如此具体翔实，是在当时就对花森先生的言行举止做了记录吗？其实并没有，我所写的都只是我的回忆。能做到如此细致的记述，恐怕并非因为我有什么特殊才能，而是身为编辑磨砺出来的能力，即对采访对象一言一行的捕捉能力吧。而这也倚赖花森先生严苛的指导，以及与他共事所获得的熏陶。同时，花森先生工作姿态和言行的气势及激烈程度，读过这本书后想必不难想象，也就不难理解我为何能如此记忆深刻了。花森安治就是这样一位充满魅力的主编。

2016年，以杂志《生活手帖》的创始人花森安治和大桥镇子为原型的电视剧《当家姐姐》播出。借此机会，早已绝版的拙作也在时隔十九年后改头换面，以文库本再度刊行——辛苦了原版晶文社的立足惠美女士和新版文艺春秋社的北村恭子女士。而此次承蒙上海的独立出版人张逸雯和北京的出版公司理想国的助力，拙作得以被中国读者阅读。这本书受三位优秀编辑的照顾，只能说非常幸运。这份缘分，既是我在花森先生手下工作的经历所得，也离不开将我的文字译成中文的张逸雯女士，我深表感谢。我衷心祈愿，这本书能为中日之间的和平友好，贡献一份力量。谢谢！

二〇一九年二月

唐泽平吉

被称为手艺人的天才媒体人

"花森安治是天才。"

每当被别人问起,我都会如此作答。其中有人会一脸怀念地点头:"的确啊。"但最近这样的人越来越少了。大部分人用狐疑的眼光看着你,像是在说:"区区一个杂志编辑,有何天才可言?"年轻一辈中,连花森安治的名字都未听过的大有人在……

的确,花森安治并非学者,也非艺术家;他并未给后世留下任何重大发现或是研究成果,作品也未曾被任何美术馆收藏过。他的独特,仅是作为家庭杂志《生活手帖》的主编而被人知晓。

但是,在过去的时代,花森安治、池岛信平、扇谷正造三人，被盛赞为"媒体界的三驾马车"。这三人既是对手，也是亲密的战友。复兴了《文艺春秋》杂志的池岛信平称："花森安治才华过人。"《周刊朝日》昔日著名的主编扇谷正造，在追忆旧友的工作之姿时，如此写道：

在我看来，他（花森安治）的本质，正是一位优秀的手艺人。……

但是，我所谓的手艺人，列奥纳多·达·芬奇也包括在内。据说著名思想家长谷川如是闲翁，晚年每当听到"手艺人"这个词，都禁不住泪流满面。这也许和他当木工的父亲不无关系，但更主要的原因是，在漫长的思想旅途之后，他领悟到：日本文化的特质，正凝聚在手艺人的精神里。手艺人才是日本文化的旗帜。

手艺人始终不懈地思考物品的意义，并动用双手为世人创造着可信赖之物。花森君也正是如此。《生活手帖》每一页的角角落落都逃不过他的眼睛。直到去世前，他都保持着这种姿态。

（《花森安治其人》，《夕阳的笔人》，骚人社，1989年）

正如池岛先生和扇谷先生所言,花森安治从来亲力亲为,没有亲自过目的原稿,绝不会递交给印刷厂。他每次都踩着截止日期提交。提交的时候,也一定会把现场的工作人员叫来,跟对方确认原稿与版面的数量,再一次明确制版的要求,才放心把东西递出去。

公认的顽固。我甚至认为顽固这个词就是为花森安治创造的。但这种顽固绝非一意孤行。死板这个词并不适用于花森安治,事实上,他是一个作风优雅、保有自由精神的人。

这个时代追求什么、读者期望看到什么,花森安治不仅都抓得很准,而且总能迅速回应。这份敏锐的感受力和洞察力,为一个动向不清的时代标示出深刻的分界线,同时给读者带来畅快通透之感。

比集成电路的芯片更精密,又如丝绸般柔软的精神,以及与生俱来的卓越才能——若兼具这些条件可以被称为天才,那花森安治当之无愧。池岛先生咂舌,扇谷先生将其媲美于达·芬奇,无疑是他们都从花森安治身上看到了"天才"的身影。

花森安治是美国杂志《纽约客》的忠实读者。一直以来，《纽约客》用富有幽默感又简明通俗的语言与时代对话，表明自己的立场。不仅如此，具有《纽约客》门面之称的主编威廉·肖恩[1]，年过七十却仍然以年轻的品味稳固了杂志在读者心中的地位。在池岛先生和扇谷先生都即将卸下主编岗位，交棒给下一代的时刻，花森安治仍然站在编辑工作的第一线。这份勇气，这种不屈的媒体人之魂，其源头或许正是肖恩先生。

花森安治连广告文案都亲自撰写，对排版布局亦有严格的要求。他创作的广告总是叫人耳目一新。1996年12月的《广告批评》杂志，第200期的纪念特辑推出了"日本广告50人"，花森安治名列其中，杂志还就花森安治"不美非广告"的美学进行了分析。

花森安治的文字，具有一种诗性的独特节奏。但他绝不会使用需要翻字典的生僻字，并且尽量控制汉字的使用

---

[1] 威廉·肖恩（William Shawn，1907—1992）：美国传奇编辑、媒体人。26岁加入《纽约客》，1952年至1987年间担任主编，被塞林格称为"最不可思议的天才艺术家编辑"。（本书除特别说明，皆为译者注）

量，选择通达易懂的词。无论是行文还是用词，花森安治都有过人之处。

举例来说，他会不经意间流畅地背诵唐诗宋词，对赖山阳[1]的汉文和良宽[2]的汉诗亦评价很高。工作中批评犯错的部员时，他会引用伏尔泰、拉伯雷或乔伊斯的辛辣之语。

"把简单的事情复杂化，是没脑子的学者才会做的事。把复杂的事情用简洁易懂的方式表达，正确地传递信息，才是编辑的工作。"这几乎是花森安治的口头禅。学者们听到这样的话也许很上火，但花森安治的言语流露出他对词汇、文句如探囊取物般的自负。

若要列举花森安治的天赋之才，不得不提他对手写字的把控能力。无论是杂志专题还是广告内容，甚至是图书，将文案以手写字呈现，通过逐步调整活字的字体和大小，抓住最美的表现形式——花森安治由此创造出了一种别人

---

[1] 赖山阳（1781—1832）：江户时代后期的历史学家、思想家、汉诗人、文人。著有《日本外史》《日本政记》《山阳诗抄》等。
[2] 良宽（1758—1831）：江户时代后期的云游僧人，尤以诗歌、书法著称，在日本可谓家喻户晓。

难以模仿的简洁版式。他的版面上，留白仿佛也有生命，优雅地呼吸着。人们将之称为"留白之美"。花森安治能创造出留白之美，与他深谙日本传统的墨文化和自身的书画造诣不无关系。

《生活手帖》的封面常被形容为洋气十足，非常时髦。对此，外界普遍认为这和花森安治出生于神户[1]，又在东京帝国大学的文学部美学美术史专业学习西洋服装史有关。另外，他师从佐野繁次郎[2]，后者也被认为对花森安治的风格有较大的影响。但我却觉得这些说法都不准确。花森安治的品味，是他从小磨砺出的感受力与天生的卓越才华融合的产物。花森安治在高中时期，就已经彰显出了这种才能。

作家杉森久英先生曾如此回忆在松江高中就读时的花森安治：

---

[1] 神户是日本最早开放对外国通商的五个港口之一，也是日本最重要的港湾都市之一，以开放和国际化的气氛而闻名。
[2] 佐野繁次郎（1900—1987）：大阪出生的洋画家。1937年渡法，跟亨利·马蒂斯学习，也曾与胡安·米罗等艺术家有过交流。他也是著名的装帧家，作品被不少美术爱好者收藏。

作为校友会杂志的编辑,他不满足于随处可见、平凡无奇的菊判[1]开本,特意改成正方形的异型本,呈现独特味道。对于封面的用纸也反复斟酌,流连于纸店的一本本样册,甄选出最妥帖的质感。他编辑的第三期,在当时全国高校的杂志中独放异彩,展现了卓尔不群的意趣。

不只如此,他还在杂志上发表诗歌和小说。虽然在此无法详述,但他的文字水平远超当时的高中生。花森安治作为随笔家,或者说批评家,其文采已然得到了世人认可,而他同样优异的小说创作能力,也值得特此一书。

(《花森安治的青春与战争》,《中央公论》1978年6月号)

从1948年9月《生活手帖》创刊,至1978年1月因心肌梗死离开人世,花森安治在这三十年里,未曾离开过主编的岗位一天。从一万册起步,他带领这本杂志创下一百万册以上的发行量,缔造了一个传奇。

如今,花森安治已逝世数十年。

---

1 菊判,日本装帧常用的一种纸张规格,尺寸约为长889毫米、宽635毫米。

我在花森安治生命最后的六年里，与他共处一室，共享编辑杂志的苦与乐。作为主编的花森安治，将一个编辑所需具备的能力与思想觉悟，在平时的工作中毫无保留地与团队分享。即便表达方式时有变换，但其精神砥柱始终坚实如一。

相遇花森安治

1971年，深秋，正是家家户户开始生炉烤火的季节。

我在生活手帖社的面试中，第一次见到了主编花森安治。

哎？真的假的？！

真的是他？不得了呀！

不敢相信眼前坐着的是花森安治本人。在丹波的山里长大的我，当时心里发出这样的呼喊，一时激动得语塞。

一直以来，我脑中对花森安治的想象……是昔日著名的演员宇野重吉。

1966年，森村桂[1]的小说《或许是我的错》被日活电影公司翻拍成电影。当时的日活电影公司捧红了以石原裕次郎为首的一批年轻演员，在年轻观众里人气很高。这部电影亦是一部具有浓郁时代色彩的作品。

或许您有所不知，森村桂女士在生活手帖社的编辑部任职过。这部处女作《或许是我的错》，正是以她在生活手帖社就职期间的经历为原型创作的。电影中，森村女士的角色由吉永小百合扮演，扮演主编的则是宇野重吉先生。自那以后，那个消瘦，带着一丝捉摸不透的神秘气息的宇野重吉先生，在我心中就与花森安治的形象重合在一起了。

当年楚楚动人的小百合女士扮演森村，而若老天赐予我敏锐的洞察力，就早该觉察到花森安治跟宇野重吉相似的可能性，几乎……

该让真人登场了。但我们不妨先来欣赏照片。

---

[1] 森村桂（1940—2004）：日本作家。当过记者，并在生活手帖社短暂就职。1965年处女作《或许是我的错》问世，后凭借《最接近天堂的岛屿》一举成名。

花森安治于1911年（明治四十四年）10月25日出生于神户。这不是一个会跟你说理的男人，而是直接做给你看，所以才可怕。

"简直叫人大跌眼镜。明明是个男人却烫了个卷发，但面相又粗犷得很，只能用不可思议形容。"

说这话的是默片时代知名的评论员，后来活跃在演讲台上的德川梦声先生，语出1953年《周刊朝日》上深受好评的《德川梦声连载对谈——问答有用》专栏。如今，烫发早已不算什么稀奇事。最形象的是扇谷正造先生给花森安治起的外号——银座的哥斯拉。

抛开第一印象，在我日后目睹花森安治从早到晚工作的样子之后，他的形象渐渐深入我心。这是一位无法用一页履历来概括的奇男子，气场逼人。但是，面试当天的花森安治，又完全不是哥斯拉的模样。

面试在生活手帖研究室的第三工作室（通称"三室"）进行。我在主编花森先生和社长大桥镇子女士的对面落座，我们中间没有长桌相隔。好紧张。不过,总觉得哪里不对劲。对面两个人的姿势，对比未免太鲜明了。

身穿苔绿色灯芯绒长裤，搭配胭脂色的Polo毛衣，外加标志性的白色套头衫的主编，浅靠在椅背上，双脚向外伸展，两手插在裤兜里。边上的大桥社长则一身浅紫色的连衣裙,腰背挺立。另外,面试的过程也完全出乎我的意料。尽管略显冗长,在此我尽可能还原当时的场景。全程只有花森先生一人提问。

"关西大学毕业,是那个在西宫的大学吧?"

"不是,那是关西学院。关大在千里山,世博会会场的后面。"

"每天都去上课吗?"

"基本都没去。"

"哦,没去啊,哈哈。那也没什么。那你干什么去了?"

"在妇女儿童服装店打工,还兼了一份家庭教师的工作。"

"为什么?"

"一部分原因跟经历校园封锁有关。另一个原因是大一的时候,父亲因为脑梗死倒下了。"

"第一志愿就是关西大学?"

"不是,报考了两回京都大学,都落榜了。"

"没去挺好的。去了京大可不轻松。"

"是吗?"

"是啊。不过你兴趣不少啊。喜欢爵士,还有……"

"古典乐。"

"在咖啡店听?"

"不是,不太喜欢那里的气氛。在自己的公寓里听。"

"公寓是什么样的?"

"四帖[1]半和三帖的两室加一个厨房。"

"哟,那你可算大领主了。"

"啊……"

"印象最深的一部电影是什么?"

"哦,是《雌雄大盗》。"

"《雌雄大盗》啊,为什么?"

"我觉得从那部片子开始,美国电影发生了转变。另外……"

"嗯,谈不上一流,模仿作。不过看你兴趣里没写读书啊,不看书?"

"我觉得作为学生,读书应该不能算兴趣。"

---

1 帖,日本传统面积单位,1帖约合1.548平方米。

"哦,学生把看书当兴趣是不妥。那你喜欢的作家是?"

"北村透谷……"

"哈哈,这个够老啊。透谷哪里好?"

"应该是文体吧。"

"嗯,透谷很洋气。更近一点的作家呢?"

"北……北……北杜夫。"

"哦,为什么?"

"虽然他写了很多奇奇怪怪的文章,但小说写得很好。"

"哦,其他呢?"

"柴田翔也不错。"

"哈哈,意思是,即便没有明天也要《别了,我们的生活》[1]啊。"

"嗯,也可以这么说……"

"我问一下,你目前面试过哪些地方了?"

"面了一家位于大阪的儿童出版社。"

---

1 这里的《别了,我们的生活》指的是作家柴田翔的代表作。而花森安治说"即便没有明天",典出电影《雌雄大盗》的日译名"我们没有明天"。前文中,作者在面试中提及这是他印象最深的电影。

"结果怎么样?"

"可能不需要我吧。"

"为什么呢?"

"这个……"

"这里什么都能说,没关系。"

"我确实不太清楚。"

"也是。那你是什么时候知道《生活手帖》的?"

"小学的时候。"

"哦,小学就知道了。"

"嗯,当时还是黑白杂志,登过藤城清治的剪影画童话。"

"哦,确实有过剪影画,那时候你们还那么小啊,时间真快。"

"是的。"

"先给你打个预防针,这份工作不轻松的。确定想做吗?"

"是的,拜托您。"

"那,你回去等我们消息吧。"

"谢谢。"

"对了,最后一个问题,你有驾照吗?"

"没有……需要吗?"

"不需要。有了驾照就想买车。开了车就想加速。"

"哦……"

"超速岂不是容易出事故?所以驾照这种东西没必要。"

"明白了。"

大致是这样的过程,全程约十五分钟。看似是闲聊般的一问一答,但现场的气氛其实很紧张。花森先生发问的速度极快,几乎没给我思考的余裕,只能想到什么说什么。对简洁的问题,回答也很简洁,更像是在玩接龙游戏。大桥镇子社长全程没有开口,在边上很认真地聆听。

的确,花森先生与我之间的对话有几分表演漫才[1]的味道。正常情况下,入社面试中一般会被问到申请理由、专业、毕业论文之类的问题,但这些常规问题一个也没出现。也

---

1 漫才,日本的一种站台喜剧,类似中国的对口相声。通常由两人组合演出,一人负责找碴吐槽,另一人则负责装傻耍笨,两人以极快的速度对话,制造笑料。

相遇花森安治

许大桥女士早已习惯了这种"花森流"的方式,但对我来说,还没搞清楚状况面试就结束了,却莫名有一种已经入选了的预感。

如今回想起来,花森先生为何没有对我的家乡丹波提过任何一个问题,至今不得其解。毕竟,我第一轮笔试的作文写的就是家乡丹波。花森先生过世后我才知道,他的亲妹妹(野林久美女士)就生活在我老家的边上(京都府船井郡日吉町)。花森先生曾称我是"丹波的猴子",照照镜子倒是……

很久以后我才得知,花森先生看了我的应聘作文非常高兴。对他来说,能收到来自"丹波的猴子"的应聘,是意料之外的事吧。

而回想与花森先生共事的六年时间,类似这样高密度的对话,仅此一次。我与花森先生几乎没有工作之外的交流。即便有,至多也就两三次而已。

"聆听他人意见,但保留自我判断",这是《哈姆雷特》中波隆尼尔对儿子雷尔提的警醒。而"没被问到的不要说",是花森先生对部员的要求。花森先生并非沉默寡言,不喜欢开玩笑。恰恰相反,他比谁都爱说话。所以与其听我们说,他更享受说给我们听。不管是演讲、评论时事、严厉的训斥、激昂的呼吁,还是让人捧腹的漫谈,社里每天都很热闹。只是这一点,当时的我还一无所知。

鼠褐色也未尝不可

生活手帖社的入社考试，我至今仍印象深刻，那是一段美好的回忆。

首先值得一提的是，去东京参加考试的全部费用，都由生活手帖社承担。印象中是一万二千日元。这完全出乎意料。这笔费用不仅够乘坐往返大阪和东京的新干线，预订商务酒店，还能剩一些零钱。顺便一提，当时打工的标准是时薪一百五十日元，一天工作八小时能拿一千二百日元。对于已经自食其力的我来说，与其说赚了，反倒有些愧疚和抱歉。

不仅内定有戏，还能报销去东京的费用，这么好的事，实在让我欣喜万分。当时已过 10 月中旬，班上还没找到工作的，只剩包括我在内的几个人。我已跟住在京都丹波的父母讲了面试的情况。从我上小学开始，母亲就一期不落地购买、阅读《生活手帖》，自然非常高兴。

我生长于丹波的山间——京都府船井郡和知町，是一个人口不足五千的小镇。生活在这样一个山间小镇，母亲能成为《生活手帖》的忠实读者，这需要做一些说明。

在家乡背后的深山里，有一座出产钨矿的矿山，叫钟打矿山，从属于日本矿业系统。我父亲就在那里工作。矿山上有约二百户职工住宅，那里的居民有一个共同点：全部来自外地。北至北海道，南至奄美大岛，那里聚集了来自全国的矿产从业者。特别是由东京总部遭派而来的管理层，为这里注入了大都市的"文化"。《生活手帖》就是其中之一。我在面试中说自己从小阅读这本杂志时，花森先生之所以非常诧异，是因为我的家乡只有一家兼发报纸杂志的书店，那里并不销售《生活手帖》。

《生活手帖》上的文章通达易读，小学生的我也能看懂。这是一本神奇的杂志，上面登载的全是我闻所未闻的事物。首先，煤气这种东西我就没听说过。电饭锅由东芝首发之后，我们家虽然也很快入手了一个，但当时还是用煤油炉灶或者木炭炉灶煮饭，连液化气都没有。而我印象很深的是，在1959年的"测试煤气灶台"那一期（第1世纪52号）上，杂志通过烤一种无馅儿薄煎饼来测试火候，并拍下照片进行比较。

世上竟有这么多我不知道的事情。是这份好奇心把我引向《生活手帖》。常年的阅读丰富了我的阅历。不知何时起，我甚至对母亲的做法提出异议。对我们家来说，这本杂志就是日常生活的指南。一想到有希望入社，我高兴坏了。

然而，我却一直没收到最紧要的录用通知。一周、两周过去了，依然没有准信。我在焦急忐忑中度过了一个月，苦恼于该不该主动去询问结果。如果不予录用，理应没必要让我等候。我只能安慰自己，也许是选拔耗费时间。

生活手帖社的入社考试共有三轮。第一轮以"我的生活"为题，在每页四百字、共五页的稿纸上写作。

我写的内容是家乡丹波的四季美景与当地乡民的生活样貌。随着一座座水坝不断建起，原本的清流沦为一个个水洼。山上立起铁塔，道路铺上柏油，从都市来的汽车在路上飞驰。在这个自然样貌逐渐发生变化的乡间小镇里，生活着乡民、我的父母、我的兄弟和我自己。生活既有变化的部分，也有恒常不变的部分。写下这些，差不多可以用二十张稿纸，却被要求只能用五页纸完成，我着实费了一番脑筋。

"一行就能解决的内容，不要啰啰唆唆拖成十行二十行。"

花森安治曾对编辑们呵斥过这番话，入社前的我还一无所知。而在随后的工作中，我一再体会到了删减文章的不易。

十天不到就迎来了第二轮考试。考场位于东麻布生活手帖社的研究室。

考试当天，我循着事先收到的地图来到目的地。虽然是第一次来，记忆里却早有印象。《生活手帖》1969年发行的第1世纪100号，在花森安治所写的《商品测评入门》文章版面上，曾刊登过研究室的照片。建筑风格极具个性。在玄关处换上拖鞋入场，也让我印象深刻。

第二轮考试约三十人参加，考场设在杂志拍摄用的第二工作室（通称"二室"）。考试分上午场和下午场，各两个小时。上午的内容包括纠正片假名单词的意思，简答改善洗衣机脱水性能的方法，比较煤气炉的性能，以及描述近期《生活手帖》中让你印象深刻的报道。下午是自由写作。虽然主题不限，但必须在规定的五页（每页两百字）稿纸内完成。并且，基于"快速写作也是编辑的要求之一"，交卷时间也被纳入打分项。

正常情况下，要先等第二轮考试的结果，但我和另外两位应聘者被提前通知参加第三轮面试。我们三人都不是东京本地的大学生，想必是为了免去我们再跑一趟东京的麻烦吧。

也就是说，我在未等到第二轮考试结果的情况下直接进入了面试，其实并未有任何内定的依据。后来在等待录用通知的那段时间里，除却因焦虑引发的胃疼，原本就（自认为）精神脆弱的我，回想起那天就追悔莫及。

第一后悔的是着装。

我穿了一身与石津谦介[1]同款的VAN牌深色西服套装，

---

1 石津谦介（1911—2005）：20世纪活跃于日本的知名时装设计师，VAN品牌创始人，曾担任日本男士时尚协会最高顾问，并成功地在日本年轻人中推动了常春藤风格（Ivy Style）的服装潮流。

里面配了件系扣领白衬衫，但放弃了条纹领带，选了浅茶色上点缀蓝色花纹的粗呢织式样。本是想要展现自身品位的小心思，却未料到在三十人左右的应聘者里，一身西服的只有两个人，而我就是其中之一。其他人像提前商量好似的，不是牛仔裤就是休闲装。中午在店里吃过天妇罗盖饭后，休息的间隙，只听身后有人大声喧嚷"花森这个人啊，最讨厌西服了"——显然是讥讽。

我在心里对他们说："傻瓜！"

其实我知道。1967年的《生活手帖》第1世纪90号上，花森安治曾以"鼠褐色的年轻人"为题，调侃了年轻人清一色的着装样式。但是，花森安治的重点不在服装：

> 别人做所以我也做，别人有所以我也要有，别人穿了所以我也这么穿——孩子身上会有这样的倾向。不管是什么，不跟别人一样，心里就不安。……各位，明明没有收到任何命令，却假装忠心耿耿地穿一身鼠褐色[1]，且不

---

[1] 鼠褐色喻指西服的颜色。

鼠褐色也未尝不可　　029

觉有任何异样。这种姿态，哪里能看出一个青年身上该有的"叛逆精神"？

这是花森安治批评年轻人随大流的讽刺文章。

就因为花森安治这么写，所以放弃西服改穿牛仔裤这种纯属迎合的行为，我模仿不来。回想起在面试大阪的出版社时，只有我一个人穿Polo衫配纯棉裤。明明是酷暑难耐的炎夏，大家却裹着严实的西服，还有人里面搭一件立领的黑校服，热得大汗淋漓，太傻了！但是，结果是我完美落选了。到底谁傻呢？

如果着装会触到花森安治的神经，那就算不看第二轮考试的结果，我也应该被直接请回了。但如我在前文还原的面试场景，花森安治没有对我的着装做任何指摘。如果不是服装有问题……

那应该是下午的自由写作。我是最晚提交的。除非是资深的记者，五页纸的长度对一般人而言并不好掌控。我花了一个小时进行充分构思，在剩下的一个小时内慌慌忙忙写完。就算速度是对编辑的要求之一，但只要在规定时间内完成,就不会影响工作。更何况,文章的质量才是编辑的生命,不对吗——找借口我可比谁都在行。

自由作文的标题是"我的名字"。

唐泽平吉,这就是我的名字。虽然写出来没错,但念出声,总觉得听着不像是自己。记忆中,我从未用全名做过自我介绍,只以"唐泽"的姓自称,"平吉"之名则尽可能避免提及。因为感到羞耻……

我在文中写到小时候因为名字被人欺负嘲笑,为此哭过好几回;写到吵着要父亲给我更名,结果被大发雷霆的父亲狠狠教训了一顿。我把这些悲伤的回忆以尽可能不带感伤的笔调写成文。

总之,最初的欣喜在等待的过程中变得越发悲观。心情逐渐染成"鼠褐色"的我,收到录用通知的电报,已是面试之后一个多月的事了。那是在11月末一个清澄的晌午。在我的记忆里,从未有比那一天更美的晴空。

成为弟子也不轻松

1972年4月1日，春天姗姗来迟，早晨的空气仍然透着几分寒意。

作为生活手帖社编辑出勤的第一天，我没有选择一身正装，而是穿了一件棕黄色的毛衣和一条浅灰色的长裤，这种装束更符合工作在第一线的编辑。

在此之前，我曾特意去研究室询问第一天出勤需要做的准备，被告知着装自由，自己需要准备拖鞋和茶杯，编辑工具则慢慢备齐就好。"顺便给你一个我个人的忠告……"社里负责对外谈判的大畑威先生突然带着意味深长的笑容对我说，"你应该已经听说，主编花森先生是个怪人，可以说是天才的特质吧。总之无法用常识理解的事情不少，你最好有思想准备,毕竟有新人撑不过三天就辞职了……总之,保重身体。"

虽然不用操心着装,但这句意味深长的好心劝告,和当时编辑部气氛中微妙的张力,在我心里留下了一丝隐隐的不安,直至首次出勤的早晨都未能消除。我比入社考试的时候还紧张。

上午九点,编辑部所有成员在二楼的"大型厨房"集合。这里可谓编辑部的心脏。包括花森先生在内,不少部员都是上身穿白色短外套,但细辨又能发现款式各不相同,看来社里对工作服确实没有硬性要求。

首先是社长大桥镇子女士发言:

"从今天起,这四位年轻人将与我们共事。《生活手帖》创刊已有二十三年。如今,在创刊当时出生的人也将加入我们,成为战友,我很感慨。一本杂志在不登广告的情况下走到今天,非常不易,今后也要继续努力。我期待新人能创造未来,请加油。大家也请多多指教。"

接着是主编发言。屋子里的空气瞬时凝固,每个人都屏息凝神。

"创造未来太夸张了，最多是助推一把的角色吧。这份工作没法混日子，这应该都不用我说了。我要提醒你们的只有一件事，就是这一年里，不要问我'为什么'。在这里从早到晚工作一天，你们想问为什么的地方，必然数不胜数。但不要问我。要是一个个回答你们，我就不用工作了。要是都能说明白还好，但有些东西无法言传。所以，想问为什么的时候，先自己思考。过一年总能明白。就这个要求。"

原来这就是花森安治。正如我已打过的预防针，这段欢迎新人的发言也不走寻常路。用拳击术语来说，就是刺拳。大桥社长问："需要让大家分别做自我介绍吗？"花森安治答："没那个必要，也不可能全部记住，纯属浪费时间。四位新人自我介绍一下就够了。"

简直冷酷无情。四位新人于是在紧张的气氛下做了自我介绍。

其实这一年，生活手帖社一共录取了六人：编辑部四人，摄影师一人，以及本社营业部一人。那天在场的是尾形道夫、堀口刚一和我三位编辑，以及摄影师中川显。

按五十音顺序，最先介绍的是尾形道夫。但他只报了名字，没做任何自我推销，正考虑是不是该活跃一下气氛的我不觉松了口气。

轮到我了，刚报完自己的全名并鞠完躬，突然听到花森先生的声音：

"专业是什么？"

"教育。"

不愧是花森安治，听到我的回答后冷笑一声："最没用的专业来了。"

瞬间，我的脸就像抽了筋。但这种时候，如果能把在场的人逗乐，应该能当个笑料圆场吧。于是我斗胆回："跟美学比，确实略逊一筹。"（花森先生是美学专业出身。）

原以为就此能化解花森先生的吐槽，不料除了我们俩，没一个人笑场。花森先生移开了视线，他虽然干笑了几声，眼睛却没有笑。当时的气氛，完全就是一对想要博笑的漫才搭档遭遇了冷场。

四位新人做过自我介绍后，社长的妹妹、编辑部主任大桥芳子女士还是征询了花森先生的意见："新人们的座位怎么安排呢？"

"用不着安排什么位子。你们应该知道,编辑中有所谓desk[1]一职,这么叫就是因为他们配有办公桌。不管是在报社还是出版社,一般的编辑哪有什么座位。没桌子就不能工作的编辑,本来就不合格。"

又被说得哑口无言。这就是花森先生欢迎新部员一贯(计划好)的方式吗?再怎么不注重形式,这场入社典礼也太凄凉了。

至于一年里不许发问的要求,最终基本等同于"永远不许发问"。或许您能由此想象花森安治一人拍板的编辑风格。诚然,花森先生非常独断专行,偏执得有些不讲道理,自己的任何意见都必须贯彻到底。但是,所谓"主编",本就要具备这样的条件,可以说这正是主编的职责。复兴了《文艺春秋》的池岛信平曾写道:

> 就我所知,杂志一言以蔽之是主编一人当家做主。绝对在他的掌控之内。编辑部主任、理事、社长等会在编

---

[1] 日语中的外来语 desk,可指统筹采访报道和编辑的人,相当于编辑部主任。

辑方面提出各种设想,但杂志并不能按最初设想原封不动出版发行。环境和形势都在不断变化,杂志每个月的版面也难免会跟最初的计划有所出入。这是理所当然,因此随机应变是必须的。此时,责任和权限都由主编一人承担,所以他必须关注杂志的角角落落,了解社会动向,决定稿件的选用,由此确定杂志每个月的最终形态。不可能每个决定都跟别人商量,征求他人意见。他必须能一个人做主,将自己的决定强势贯彻下去。

(《杂志记者》,中公文库,1977年)

如此来看,编辑必须遵从主编的指示。

"有句话叫新酒要装新瓶。我的想法就是新酒,你们必须成为新瓶。要是你们执着于自己的想法,好不容易来的新酒就废了。"

"我一个人提想法已经足够了。你们只要作为我的手和脚去行动。怎么才能动得最快最好,只要想这个就行了。船头有我一个人就够了。"

花森安治经常这么训斥部员。不让问为什么,一半原

因也在于此。但这种过度自信,偶尔也会刹不住车:

"搞清楚,你们到底是在靠谁吃饭。你们为什么会长脑袋,难道是为了戴帽子吗?我要是不在了,你们准备怎么办?"

本来以为他说不必思考,照做就完了,现在看来还得再考虑一下,而且:"绝对,不许还嘴。"

这是致命一招。佛语里把这称为"随顺不逆"。

上学的目的是学习事理,但若最终学成的道理成了为自己的行为推卸责任的手段,那这学不上也罢。

但是、可是、明明这么说过、虽然如此——最近这样的话,听得有些多了。

我不希望我们的下一代——不论男女——成为善于逃避责任的懦夫。

(《问答专栏》,1962年第1世纪65号[1])

师父的话是绝对命令。想必编辑部的每个人,都憎恨

---

[1] 仅括注篇章名和刊号的引文,均来自《生活手帖》。(编注)

过花森先生，甚至发自心底想跟他打一架。但正是有这样一位主编，《生活手帖》才成为世界上独一无二的杂志，而最清楚这一点的，也无疑是编辑部的每一个成员。尽管嘴上抱怨不断，大家心里却对新闻媒体界的这位弄潮儿充满敬意，也十分爱戴他。

从1号至100号，无论哪一期，我都亲自参与采访、拍摄、撰写原稿、排版、绘制插图、校对，这是作为编辑的我最大的存在价值，既是一种乐趣也是我的骄傲。

做杂志，无论在什么样的量产时代或是信息时代，即便依靠电脑，本质上还是"手作"。非手作无以做成杂志，我是这么认为的。

因此我也认为，编辑最需要的就是"手艺人"的才能。

我希望自己当编辑一生，到临死那一刻为止。在此之前，都能坚持采访、拍摄、撰文，并让校对的红笔弄脏我的手，因为我希望自己始终站在编辑的第一线。

花森安治在第1世纪100号的卷末《编辑的手帖》一

文中，署名写下了这段话。在"手艺人"这个词上，他特意标注了artisan的音标（作为读法）。

"我不是什么artist（艺术家）。这个词容易惑人眼目，听着有些刺耳。自称艺术家就更没品了。artisan显然更贴切，不是吗？换成日语就是匠人。对手艺人而言，没那么多大道理。"

这是花森先生常挂嘴边的话。不准我们问为什么的规矩，我想也来自他对手艺人的自负。手艺人的工作属于"直入"[1]的世界，连接师父与弟子的，是一颗直面手艺的心。与其讲大道理，不如先认真观察师父是怎么工作的——这就是花森先生想说的。

扇谷正造在回忆花森安治时，将他誉为"优异的手艺人"。竞争对手往往也是最理解彼此的人。尽管花森先生因自己的作风，收到过"难以用常识理解"的忠告，他对失误、疏忽确实相当严厉，批评起人来丝毫不留情面，但这就是他作为手艺人的师父所具有的自负。

---

1 直入，佛教用语，指不走捷径，直接进入悟境。

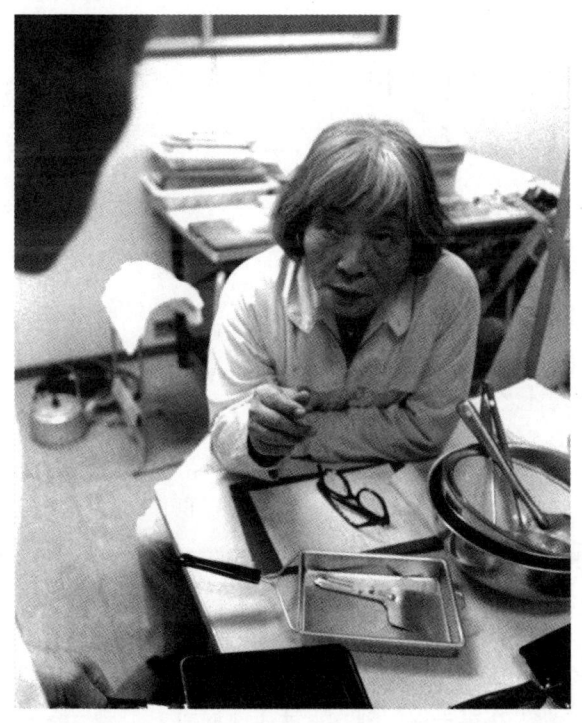

花森安治测评煎蛋卷工具时的照片。除了参考专家的意见，花森先生一定不会忘记亲自确认。

生活手帖社的常识

入社之前,我对出版社的工作一无所知。

在社内,有不少人把花森先生排除在常识之外。这样的人领导的出版社该是什么样?若以世俗对"常识"的标准来衡量,确实相去甚远。入社前我曾从读者的角度做过一番设想,直到入社后尝到现实滋味,才知自己当初的想象之贫乏。

"新人在第一周,到六点就让他们回去。"

这是主编,也就是师父的命令。

(逼员工回家,这怎么看都很"反常识"啊!)

但是,除了照做毫无办法,到六点只能收拾东西走人。因为即便赖着不走,接下来也没新人可干的活。可不管怎么说，逼我们回去总像是强迫，不免有几分屈辱。从一早的入社仪式，到结束时的强行命令，这一天真是五味杂陈。未想到第一天就连迎几个下马威。

不过，不仅是在公司，这个世界上始终存在愿意帮你的人。

"在这里，每天的当班编辑要为大家做晚饭。你从下周开始轮，值日的那天也要做饭。大家一起吃完晚饭再继续工作，是这里的习惯。一般是到晚上九点左右，这次因为有空调的商品测评，要分三批轮班通宵。这是为了调控测试室的温度，不得已。但总之，加班在这里是家常便饭。不过，对公司来说是没有加班的概念的，毕竟也不存在打卡制度。杂志每个月必须按时发行，也就是有截稿日期，所以工作优先。"

收到这番通知，老实说，我非常吃惊。自己的晚饭竟然要轮流做，这独特的社风我闻所未闻。更惊奇的是三十多人的编辑部，居然几乎都留下吃过晚饭继续加班。原来《生活手帖》是这样做出来的，这的确不是一份轻松的工作。我终于认清了现实。

原来这不是一份能简单解释清楚的工作。我想起花森先生曾说"有些事用一万句也说不清"。此刻我真切理解了，正是这样的工作方式，才让《生活手帖》的版面上印下了认真生活过的人的语言。

头盔加木棍，扩音器里发出声声怒号——1970年前后，波及全日本的学园纷争[1]最终宣告失败，与这样的武力行为正相反的、无法血肉化的"思想"，让我更好地理解了《生活手帖》这本杂志的立场和态度。

1968年，花森安治在第1世纪93号上写下题为《世界不为你转》的文章，副标题为"写给在这个春天即将毕业的女生"。此文同时也是为了悼念《生活手帖》编辑部林澄子女士的突然离世。

> 林女士离世时，女儿万美五岁零一个月，万纪只有七个月。在生活手帖社里唯一称得上规定的，仅有"早上九点出勤"一条，除此无他。拥有成百上千员工的大公司另当别论，但在只有三五十人的职场制定规则，是对在这里

---

[1] 此处指安保斗争，是日本民间反对《日美安全保障条约》的运动。

工作之人的侮辱。……

没有规则，也就意味着自担责任。至于规定早晨出勤的时间，是因为我们的工作要靠团队协作，若不能在同一时间集合，大部分时候就无法以一个团队推进工作。

林澄子女士不论多晚回去，只要回到家，她就是一位主妇，并认真履行着自己的职责和工作。

在这篇文章里，花森安治想说的是这么三件事。

首先是对林澄子女士的生活方式，对她能良好驾驭不同角色的赞美，以及对失去这样一位优秀同事的深深哀伤。

其次是想说明在生活手帖社工作的辛苦。这在他另一篇《商品测评入门》中也有详述，他写道："这里的工作绝对不轻松，不是哼着歌跷着腿就能完成的。"

最后隐含的一点，针对的是女性在社会工作中的意义。

花森安治的笔，矛头直指大部分从未翻过《生活手帖》却能若无其事来参加入社考试的女大学生，质疑她们把工作看成结婚前的临时落脚点，批判其轻视工作的态度。值得注意的是，这种质疑与单纯的女权主义理论并不是一回事。

1959年，《生活手帖》第 1 世纪 50 号的卷末，《我们的微小历史》一文中，登了杂志第 10 号的后记：

> 刚开始做这本杂志的时候，每出新一号，我们都会分着把一摞摞杂志塞进背包，西至三岛、沼津，北上宇都宫、水户，在每一站下车，跑一家家书店，把杂志送到店里。
>
> 早上乘头两班车出发，晚上九十点准时从新桥站回社。等最后一位同事归来，大家才一起下班。运气不好的时候，没少受书店的白眼、回绝——"这样的杂志卖不出去的""没地方给你放"。12 月天寒地冻的晚上，背上的杂志分量却未减一半，虽然很丢人，在回去漆黑的路上还是忍不住掉下不甘的眼泪。等精疲力竭地回到社里，赫然看到桌上摆着先一步回来的同事蒸好的红薯。明明已过了十点，却没有一个人提前回去。

这是《生活手帖》创刊当时，如何向社会推广的一段往事。杂志发行的常规方式是通过经销商，但由于经销商所承担的份额甚至不到印量的半数,编辑们只能亲自跑书店,干着上门委托的苦差。我们这一届入社后也时常听前辈们讲起当年的不易。如今一本新杂志创刊,先听取经销商和广告代理的意见,依然是业内不成文的规定,《生活手帖》当年也不例外。因为封面没有姑娘漂亮的脸蛋所以卖不掉,杂志名中的"暮し"[1]太晦暗,等等,没少受经销商的指摘。

当时的状态若以一般常识和世俗眼光,怎么看都岌岌可危,徘徊在倒闭的边缘。但很不可思议,我们这群人却在梦里都没想过要放弃。如今回想不免后怕,但当时是无比投入的状态。

战后,《生活手帖》这样一本无论外观还是内容都偏离"世俗常识"的杂志是如何诞生,又是如何以"世俗常识"难以理解的方式销售,从谷底一步步向上爬,这段艰辛的

---

1 《生活手帖》的日文名为"暮しの手帖","暮し"表示生活。

历程就被记录在这篇《我们的微小历史》中。

这样的经历，必然会成为刻骨铭心的记忆。并且，其赋予人生的深度与底蕴，后来者唯有通过想象才能感知了。但即便是想象，若自身面对如此窘况，能否像当年前辈们那样，无视"世俗常识"而不懈地、无我地投入其中？想必每个人都会在内心自问。

生活手帖社里没有员工守则，也没有严格的劳资对立关系。"守护生活"是整个编辑部的共同目标。花森先生所言"在只有三五十人的职场制定规则，是对在这里工作之人的侮辱"，便是生活手帖社的常识。

并且，这样一个没有员工守则的工作环境，不正是花森安治充分发挥非凡领导力的最理想的职场吗？

"我做的事情、说的话，对这个社会来说至少早了十年，不，二十年差不多吧，很多时候不被理解是正常的。"

花森安治曾如此自嘲。没有一定自信，说不出这样的话，而花森安治能这么说，我想是因为有大家的支持，为他创造了一个自由工作的环境。如果制定规则作茧自缚，不仅无法发挥他的才能，也诞生不了《生活手帖》独特的编辑风格。

这就是生活手帖社里"成年人的常识"。

我的商品测评入门

入社后,我们新人一直没有什么具体的工作分配,每天像在研究室里乞讨似的,到处转悠,询问"有没有什么能帮忙的?"谁让我们既没自己的办公桌,也没有座位呢。

为避免误解,这里需先说明,花森先生在入社仪式上的发言,有些是虚晃一枪。虽然他暗示只有编辑部主任大桥芳子女士才有办公桌,但事实是,二楼除了连通"大型厨房"的"第一工作室"里有大桥镇子社长和花森先生各自的办公桌之外,还有给编辑部成员的六台办公桌。约长180厘米、宽90厘米的木桌子,分两排面对面放着,椅子则是委托飞驒高山的木工坊制作的温莎椅。可见不仅有办公桌,而且桌椅都和一般出版社的不同,极具生活手帖社的风格,只不过早已满座,没有新人的一席之地罢了。

但细想不免生疑。座位不够这一点,在招人的时候应该就已知晓,为何入社仪式上还要询问花森先生"新人们的座位怎么安排"?花森先生再怎么独断专行,这样的小事也不放过吗?如果这也是主编的责任……脾气臭也在所难免了吧。

从新人的角度来看,这莫非是要我们玩抢椅子游戏?"毕竟有新人撑不过三天就辞职了"——回想起这句话,此刻不免能理解辞职的新人,真不完全是意志薄弱的问题。而我能撑过三天,是因为有同伴,若只有自己一个新人,能撑几天呢?

头三天里,我主要负责打扫研究室新馆和本馆间的通道,以及地下仓库和制作室。还要为给读者准备的"手帖通信"卡片填写收信地址——这当然也是花森先生认可我的字,才准许我做的,字若不好看则没资格担任。

老实说,新人被置于如此凄惨的境地,是否全在花森先生掌控之内,或者说是不是他本人的指示,于我至今仍是个谜。

入社后不久，有两件事让我记忆犹新。一件约发生在出勤第四天，我在打扫卫生时，突然被花森先生叫去"二室"。"二室"相当于摄影棚，那天正在拍女装。由花森先生从一堆绣着鲜艳图案的素色上衣中挑选拍摄，我则被要求站在他边上看着。

那是生活在加勒比海圣布拉斯群岛的库那族女性的传统服饰，称为mola，由画家利根山光人先生从当地收集而来，他以介绍玛雅遗迹而闻名。纹饰以贴花和绗缝，以及类似刺子绣的技法制作，整体的设计接近绳文时代充满力量感的造型图案，鲜艳的色彩仿佛把阳光和大海送到眼前，洋溢着大自然的能量。

"怎么样，很棒吧？"

"颜色很强烈呢。"

这是当时我和花森先生仅有的两句对话。选完之后就放我走了。期待落空。

但第二件事不同。之前空调的预测试结束后，终于进入正式测试的环节。而发生在测试前一天的一件事，让我深切领教了《生活手帖》与商品测评的真功夫。花森安治在此展现了他过人的能力和才华，也让我体会到了商品测评追求完美的严苛精神。

《生活手帖》的一大特色"商品测评"究竟为何？对于即将作为测试员的我们，这场空调测试是最佳的入门。其所需的细心和投入程度，读者很难想象。

空调——如今以冷暖兼备为主流，但在1972年，挂窗外的外机型正过渡为室外室内分开的机型。当时测试的是用于八帖至十帖（约12.4—15.5平方米）房间的空调，产品分别来自三洋、夏普、通用电气、大金、东芝、松下、日立、三菱、三菱重工这九个厂家。

这九个品牌的产品平均价格约为十三万七千六百日元一台。我的第一份工资是四万四千日元，空调绝对属于高价贵重品。当时,彩色电视（color television）、空调（cooler）、家用轿车（car）被誉为3C,对一般老百姓来说是"新三大神器"。

正因为是高价商品，测试的结果对消费者，对厂家和经销商都有不小的影响，不容许有半点纰漏。为确保公平，以免之后收到厂家投诉，必须充分考虑所有的条件，确保

为了测评电饭锅,煮了无数次饭。必须保证与实际生活中使用的场景一致,不然就没有意义。

1977年第2世纪46号中刊载的电饭锅测评。

1960 年第 1 世纪 56 号中刊载的婴儿车测评。

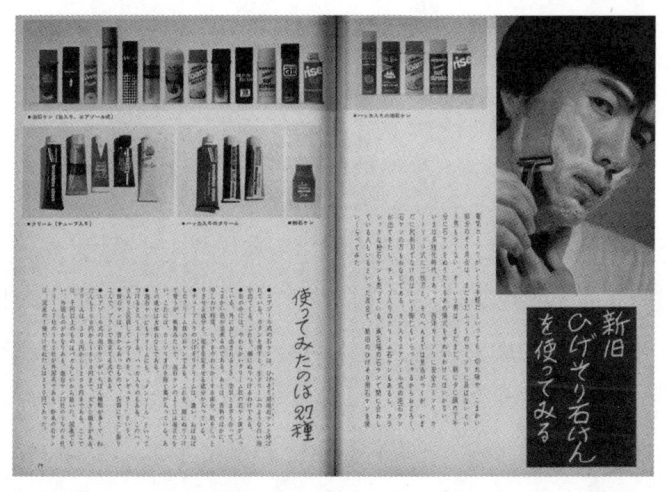

1977 年第 2 世纪 48 号中的新旧剃须膏测评。师父事前明明跟我笑眯眯地保证"脸不登，就到胡子部分为止"，最后还是被他骗了。

万无一失。

室内外分开的空调机型与窗外机不同,其性能会受到人为的影响。也就是说,安装机器的人的技术有高有低,即便相同的产品也可能出现制冷能力的偏差。如今因为破坏环境的恶名,氟利昂被限制使用,而在当时,无论是空调还是冰箱,都以这种化学物质作为制冷剂。对于室内外分开的空调机型,需要将氟利昂填充入连通两者的管道中。但这条管道并非厂家原配,是电器店根据安装场所,也就是不同家庭的构造,进行匹配的,而连接一旦不到位就可能会漏气,制冷能力自然下降。

那么为了防止这种情况发生,生活手帖社会怎么做?答案是联系各制造厂家,请他们各自派技术人员来安装。记得其中一个厂家甚至派来了专门为会长安装机器的最高技术员。这么一来,厂家对管道的连接就无可抱怨了。

商品测评的另一个规矩是,不管什么产品,都不会只测试一台,最少两台,费用由社里承担。一台购于商场,另一台购于电器店。若无明确的要求,则不会去秋叶原等地的零售店选购。如今折扣店已在全国普及,但当时购买家庭电器，一般还是在商场或者附近的电器店。

购买两台，是因为商品之间存在偏差。同一厂家的同款产品，看似不存在性能差异，其实正常情况下都会有波动。而如果碰到两台之间偏差过大，那该以哪一台的性能为准不好说，于是再买一台确认。尽管购得的商品中出现劣品并非我们的责任，但这么做也是为了防止厂家的抱怨。

比如那一年蒸汽电熨斗的测试（第2世纪20号）中，除了国产品牌，还测试了通用电气的两款产品，其中价格更高的一款出现了蒸汽出不来的情况。为确认是否为产品本身的问题，最终社里一共买了十八台测试，明确指出了产品的缺陷。

在必不可少的预测试环节，会先确认购得的商品是否存在明显问题，以排除较大的偏差。同时会对同一品牌的两件产品进行比较，选出性能更出色的那一件为代表，在正式测试中登场。

花森安治在《商品测评入门》（第1世纪100号）一文中曾说："商品测评的目的不是为了消费者，而是为了厂家。"

这虽然听上去像反话，但对厂家的这番关照和用心，体现在了每一次商品测评中。厂家若都带着责任感制造产品，并能确保质量，那一家私营杂志社根本不需要倾注如此大的劳力与心血进行测试。这是花森安治的出发点。尽管在版面上看不到，但厂家永远能单方面为你准备无可置疑的数据和十二分的说明。

扯远了，让我们回到现场。为汇报空调预测试的结果，包括我们新人在内，整个团队围在花森先生身边，听取结果。

由队长宫岸毅先生（后于1996年当选第二任主编）做口头汇报，按厂家名的五十音顺序依次发表性能测试结果。结果以数字形式呈现，九个厂家的数据都保持在两千大卡，最终结果精确到了小数点后两位。就是这一刻，始终闭目聆听的花森先生突然睁开眼，对宫岸先生确认道："三菱第一，东芝垫底啊。其他产品的顺序是松下、通用电气、日立、三洋、大金、三菱重工、夏普，头和尾相差二百五十大卡吧。"

"是的，没错。"宫岸先生点头的那一刻，周围发出了一阵轻呼声。

花森先生没有做任何笔记。在一个还没有复印机的年代，他也不可能预先看过结果，只是闭着眼睛靠耳朵听，仅此而已。对九组非常接近的六位数字，不仅能准确对应厂家的名字，而且只听一次，就能依据数值大幅调整顺序，重新排序。对数字敏感的人，或许并不以为然，但包括我在内的大部分编辑都是文科出身，的确要甘拜下风。

"怎么，很惊讶吗？这又不算什么。"花森先生一脸不屑的表情。

柴田炼三郎[1]曾评价："花森这个男人，要我说是对数字极为敏锐的人。"战时和战后领导着日本读书新闻社的柴炼先生，率先发现了当时还寂寂无名的花森安治的绘画才能，让他为报社绘制插图。

当然，花森安治不仅对数字敏锐。在回忆起花森安治临场的机敏反应时，作家杉森久英先生不无感叹："称他是天才不过分吧！"

---

1 柴田炼三郎（1917—1978）：简称"柴炼"，日本作家，以历史武侠小说闻名，曾任《日本读书新闻》主编。

别做败犬

当我失望地以为生活手帖社并不欢迎新人时，才发现这定论下早了。在我们新人入社后的第一号——《生活手帖》第2世纪18号的编辑结束后，其实有一场盛大的欢迎会等着我们。

地点在新桥田村町的王府餐厅，厨师长是《生活手帖》的老朋友，在杂志上撰写《下饭的家常中国菜》专栏的战美朴先生。杂志里刊载了他的北京菜餐厅，但没有详细介绍。

三楼被我们包了场，准备了好几张大圆桌。我们新人在中间的圆桌入座，大桥镇子社长、花森先生及销售董事横山启一先生和我们一桌。整个晚上的招待都很讲究礼节，我们像贵宾一样被盛情款待。

我属于不会察言观色的一类，通常最避之不及的座位，也就是花森先生的旁边，果不其然落到了我头上。入职已经过去一个半月，对花森先生好为人师的一面我已充分领教。虽然大家都很尊敬他，但他被大家敬而远之也是事实。

从冷菜开始，一道道从未尝过的山珍海味陆续登场。这绝不是"下饭的家常中国菜"，而是厨师长战美朴先生一展厨艺的宴席大餐。但整个晚上由于太紧张，我根本没心思品尝味道。

在这顿饭局上，我又连中花森先生两招。

第一招出现在宫保明虾登场之际。这道佳品是将龙虾切块、挂糊后油炸，裹一层能引出蒜香的甜口辣酱后做成。成品保留了大龙虾的头和尾，奢华之至。这道菜在王府餐厅和鱼翅、北京烤鸭等齐名，并非吾等之辈像"来一份韭菜炒猪肝"那样轻易下单的菜品。

如您所知，大圆桌的中华料理一般按逆时针转台面，食客依次夹菜入各自的碟中。花森先生往往第一个动筷，最后才转到我这儿，但这道菜却是从镇子社长开始轮转，围桌的每张脸都露出一副故作镇定又意味深长的表情。更要命的是，之前上场的每道菜在转到我这儿时都还剩了不少。唯独这道菜，大家的筷子动得很开。眼看轮到我左边时，盘子上只剩下六块。一般人遇到这种情况最多夹走两块，会考虑为我和花森先生各留两块，但我左边那个笨蛋竟然夹了三块。于是剩下三块，我只得取一块，将最后两块留给花森先生。就在这个时候——

"唐泽君，别做败犬！"

一声严厉的呵斥，差点把我从椅子上震下去。这一刻周围的空气像是凝固了，大家的嘴和筷子都停了下来。

"是……"我的声音细若蚊蝇。

"这道菜是我吃到撑还想继续动筷的。"花森先生说这话时并没有特别对着谁，如往常一样泰然自若地吃着龙虾，接着又说道，"这是我的观点，我认为美味的共通之处，是有如米糕般弹牙的口感和天然上品的回甘。这道龙虾就是如此。吉兆的亭主也赞同我的观点。"

这便是后来常能听到的花森安治美食论。他提到的吉兆，是一家被誉为高级日本料亭代名词的老店，亭主就是其创始人，已过世的汤木贞一先生。

当时，我究竟是挂着怎样的表情边吃边听花森先生讲这番话的？接下来终于要上甜品，也到了新人们发言表达感谢的环节。轮到我时，为了面对大家，我起身背靠墙壁，就在要开口时，突然又狠狠中了一招："怎么，连我的脸都不想看了？"

（到底想怎样啊！简直莫名其妙。）

我无视了花森先生，心想才不会轻易上钩宣战。当时，我只是不屑地白了花森先生几眼吧，但为何花森先生会像跟我有仇似的盯上我——要理解这一点，我当时还太年轻。

"不许问为什么，自己动脑子"——对于花森安治的这句警告，我一直很重视。

既然跟花森先生的交流以此种方式开场，有人可能会认为往后的接触必然不会一帆风顺，至少一起吃饭是不可能了吧——会这么想也不意外，但事实完全相反。在同一批新人里，我竟是和花森先生一起在外用餐次数最多的一个。

就像前文所说的，平时的晚餐由当班编辑负责，大家在研究室一起用餐。但每逢完成校对的时候，双月刊的杂志编辑每两个月会有一周的空闲期，那周不用做晚饭，大家可以提早回家。但即便这种时候，花森先生也不回家吃饭，会喊上单身的编辑一起外出就餐。有镇子社长在的时候，一般都去王府。那儿离研究室不远，最重要的是气氛很轻松，掌厨的战先生也很亲切热情，所以若有幸同席，等于能免费品尝美味。

但是，所有人都对此避之不及。平时神经已经够紧绷了，好不容易工作之外可以缓口气，居然还要和杂志社里最令人发怵的角色一起用餐！所以这种时候，大家逃得可快了。

"有人一起去吃饭吗？"

当花森先生发话时，公司里已剩下不到十人，单身的更是一只手数得完，而我"荣幸"成为其中之一。要说察言观色，我确实很不在行。

"唐泽君，你总能去吧？"竟被花森先生直接点名，本能地抵触……

然而不记得是哪次，仅有一回把花森先生惹怒，也是在被他喊去吃饭的时候。

"如果我喊你们去吃饭，就排除万难跟我走。这不是向我提问的好时机吗?不知道这是难得的机会啊?过来!"

一阵暴怒。但当时大家都差不多回去了,对着总是"错失良机"而被剩下的我开火也未免……

不过即便跟花森先生一起吃饭,也不会真的聊工作,亦不会涉及政治或宗教的话题,基本都是些不着边际的对话。有一次,我们偶然聊起拉威尔的《波莱罗舞曲》很好听,记得我还跟镇子社长一起哼了曲调。虽然当时的场景已印象淡薄,但那份感觉还很真切,那一刻时光变得悠远绵长,深深刻在记忆里,难以忘怀。

跟他们两位一起吃饭,我有闭嘴的使命——边听他们聊天,边默默动筷,把菜盘扫干净。战先生每次都特意为我们稍稍加量,但突发过心肌梗死的花森先生需要控制热量的摄入,所以比起量,他更享受品尝不同的美味。

"对了,你也尝尝这个吧,唐泽君。剩下的都归你了啊。"

我明明都撑到喉咙了,花森先生这么说完却又追加了一份。镇子女士本来就胃口小。而当时二十出头的我,尽管正是食欲旺盛的年纪,但只要跟他们一起吃饭,量必然在两人份以上。花森先生总是把喜欢的美味尝个遍,所以才这么精神抖擞。

"唐泽君了不起！很能吃啊。不过要注意，身体暂时不要往前倾，以防吃下去的食物回流。"

被师父表扬了。但转念一想，那时我的角色好像跟垃圾桶差不多……据说入社的新人在第一年里基本都会瘦几斤，只有我反而长了五公斤。简直，太失策了！

御当班桑的一天

研究室里有两个大铝制水壶（容量为两升），烧水就是研究室一天的开始。负责这项任务的便是那天的"御当班桑"[1]。

加入编辑部之后，最让我吃惊的就是这"御当班桑"。莫非今后这件事要一直持续下去？想到这一点，内心五味杂陈。在"当班"前加上"御"还不够，后缀特意配上"桑"，可见这"御当班桑"一职中有着《生活手帖》独特深挚的"真理"。以近代理性主义的眼光来看，这实在是很傻的做法。

---

1 "御"（お）在日语中属于前缀敬语，"桑"（さん）则通常跟在人名后，是比较正规的礼节性称呼。

"御当班桑"（下文称为"当班"）一般有四人，两男两女为一组。从周一到周六，共分六组。镇子女士、花森先生、芳子女士和其他几名干事则被排除在外。如此一来，编辑们基本每周都会轮一次，我则被分配到每周一。

当班必须比其他部员提早上班。如前面所说，首先要烧水，为了能在九点工作正式开始时，让大家都喝上热茶。"不过是端茶倒水啊"——可别把它想简单了。当班的工作和家务基本等同。慢慢您就会明白其中的不易。

在"大型厨房"烧水后，一个人到楼下的"洗涤室"，收好前一天当班洗净晾干的一大叠布巾，当然得一块块叠整齐；另一个人则负责调节研究室的温度。

在研究室内部，本馆一楼除了洗涤室，还有制作室、化学实验室、仓库等，二楼则是大型厨房、工作室、成像用暗房和裁缝室。本馆与后来增建的新馆相连，在新馆的二楼设有第三工作室，一楼为测评室，三楼还有音乐试听室等。这些全部加起来，约661平方米吧。

研究室的温控全是手动的。夏天开冷气，冬天用煤油取暖器，春秋两季则通过开窗通风，将早晨清新的空气送进来。

在研究室的东北方，从麻布永坂到狸穴坂的斜坡一带绿意盎然。首都高速内环线经此通过，而那片绿荫恰好阻隔了噪声和尾气。尽管地处市中心，这里早晨的空气却很清新舒畅。

不一会儿，水便烧好。用三个大陶瓶为大家泡好番茶。但这还没结束，最关键的倒茶工作还未开始。

接近九点的时候，镇子与芳子女士坐着包车进社，同行的还有销售董事横山启一先生（镇子女士的义弟）。横山先生不进研究室，直接去六本木的总部（1995年10月，总部才与研究室合并）。

镇子女士一年四季都喝热奶茶。除了偶尔泡客人送的馥颂（Fauchon）或川宁（Twinings）牌茶外，所用红茶一般为立顿的经济罐装。她虽然有自己的偏好，但绝无"非格雷伯爵茶不喝"的奢侈作风。茶壶、杯与碟，以及牛奶杯，都是大仓陶园的产品。这也并非社长的特权。日常使用好东西来磨砺眼光，是我们的编辑方针。因而包括社长在内，全员使用的餐具并无区别。另外，镇子女士从不喝咖啡。无论什么场合，无论对方喝什么，她的选择都是奶茶，

御当班桑的一天　　069

这就是镇子女士的生活方式。她既不显老,又总是神采奕奕,秘诀可能就在这奶茶里。

花森先生进社稍迟,一般在九点半到十点之间,因心肌梗死发病过一次后,早晨更会特别用心。镇子女士一行到社后,包车再返回去接花森先生。他的公寓位于南麻布,离研究室不远。

花森先生的早晨,不是喝咖啡就是喝水。虽然因身体原因戒了烟,但喝咖啡的习惯未改。就是普通的雀巢速溶咖啡,唯对温度不能马虎。温度不够会被训斥,要求重新做。

"唐泽君,冲咖啡有一种说法叫'把舌头烧焦'。温暾的咖啡不能端给别人,好好记住了。"

此后,用滚烫的水冲咖啡,杯子也预先用热水烫过,这个习惯一直跟着我。

咖啡之外,花森先生只喝水,且是富士的矿泉水。当时矿泉水只在酒吧或俱乐部提供,完全没料到在今天会如此寻常,单是这一点,花森先生也算是先驱了吧。但有一点需要说明,不管是咖啡还是水,花森安治的选择并没有什么特别讲究,只是把附近小酒馆有的配送过来。不仅是酒馆，生活手帖社一直很重视与街道商铺保持良好的关系。

花森安治的《生活手帖》，目光始终投在普通人的生活上。与街道上经营商铺的大叔大婶熟络了，能很快得到商品和流通的一手信息。不仅是信息，在商品测评时，需要频繁地煮饭、煎鱼、炒肉炒菜，于是在食材的准备上，附近商铺的协助就无比重要。

他们还有一个重要的作用，就是指路。研究室藏在巷弄纵横的街区深处，第一次来访的人若没有地图很难找到。

"狸穴坂下去之后的路口有个酒馆，如果找不到路，请去那里询问。"能放心地跟客人这么交代，全靠平时与商铺的良好关系。

准备完茶水，接下来要淘米，这是为大家的午餐准备的。对于午餐，有的部员会在家做好配菜带来，这些主要是女编辑。社里的"大型厨房"是任意使用的，因此男士们一般从附近的肉铺买切好的肉，从菜市场买蔬菜，直接在厨房做。有时候也会买鱼段来煎，买豆腐凉拌，等等，自己做自己的份。如果走到麻布十番，也有吃饭的地方。如果你不想出去，那么社里也有煮好的热饭。米饭钱按实际分量支付，添饭自由。为此，社里两个两升的煤气锅专门用来煮饭。

镇子女士和花森先生则与大家不同。镇子女士的午餐由专门负责料理的千叶千代吉女士准备。千叶女士是这里最年长的编辑，勤勉无比，年过九十依然写得一手漂亮的字。虽然她早已退休，但每年都会寄贺年卡来，不愧是花森先生看中的手艺人。

花森先生的午餐，则由当班根据他当天的要求准备。但准备起来并不难，因为一年几乎三分之二都是冷荞麦面。花森先生是荞麦面爱好者，但因为属于易胖体质，被医生要求控制热量的摄取。不吃荞麦面的时候，就是素乌冬。面都来自Shimadaya，汤汁则由Ninben出品。品牌的选择并无特别理由，都是能在附近的店铺买到的。

午饭过后，是三点的下午茶。当班要为所有人准备红茶。夏天是冰红茶或冷大麦茶，还会配小点心。研究室三点的下午茶，了解生活手帖社的人都知道，因而常能收到大家送的点心。若泽村贞子[1]女士到访，总会带"冈野"的豆大

---

[1] 泽村贞子（1908—1996）：日本女演员、散文家。一生出演过350多部电影，晚年发表多部随笔集，其中《我的浅草》与《我的厨房》由生活手帖社出版。

福或"空也"的最中[1]，她知道花森先生喜甜食。除此之外，有机会出差或旅行的客人会从全国各地寄来当地特色的点心。基本没有厂商直送的情况。

出版社会有访客，而给客人倒茶也是当班的工作之一。作为一个不只有女性端茶倒水的企业典范，并非所有的访客都感佩这一点。男部员除了大畑威先生外，没有人穿西装打领带，基本是牛仔裤夹克衫的装扮，有时不免会被误认为实习生。某次我给著名男子合唱乐队的一位成员倒茶，原本一直谈吐得体有礼的他一改口气："喂，你拿个烟灰缸过来吧。"当时接待他的是镇子女士，她马上替我辩护："这也是我们社里一名重要的编辑。""抱歉，马上拿来。"我很快取来。

镇子女士短短一句话，不知让我有多高兴。我并非要评判客人，但平日温和大气的镇子女士在这些细节上的关照，至今让我心怀感激。

---

1 最中，一种和果子，一般以红豆馅为主。每个店制作的"最中"外观不尽相同，大多为圆形。

过了三点，对当班来说，终于到了一天的重头戏：准备晚餐。毕竟编辑部一半以上的人都要加班。究竟是为了加班而做晚餐，还是为了做晚餐而加班——虽然这样的争论不是没有过，但这已不是一件可以用合理性或效率来解释的事情。

对当班来说，最头疼的是晚餐的配菜。米饭配味噌汤和渍物（咸菜），那主菜该做什么呢？决定权握在花森先生手中。要在两小时内准备近三十人的量，动作必须敏捷迅速，也没有时间做过于复杂的配菜，因而选择的范围就很小了，接近一般食堂的定食。问题在于到底要做什么。

花森先生的身体状况和心情很不稳定。比如今天想吃得清爽些，那对盐烤竹荚鱼配凉拌黄瓜就不会抱怨。但如果没有注意这一点，不小心跟他提议炸猪排，那么——

"前几天不是刚吃过吗？别老给我吃这种东西。说过多少次了，设身处地从我的角度思考。"

火气说来就来。食物的威力很大，一旦破坏了心情，对之后的工作也会有影响。

但花森先生心里是如何盘算的呢？让编辑来询问选择

什么主菜——在这样的事情上，我想他也在观察、考量我们，这才是他真正生气、训斥的点，因为这件事体现着一个采访者的基本姿态。

对话应该是这样的：

"您看，今天比较热，是不是吃点清爽的东西？还是来些口味浓重的？"

"嗯，想吃清爽点的。"

"那么干鱼怎么样？比如盐烤竹荚鱼……"

"嗯，可以啊。"

花森安治的重要语录之一"设身处地从对方角度思考问题"，体现着对对方的关怀和不经意的体贴。

仅是询问晚餐的主菜，是否仅站在自己的立场询问？这样能呈现充分到位的报道吗？花森先生默默地拷问着我们。这些日常行为，也是他判断我们作为《生活手帖》的编辑是否有能力对外采访的着眼点。

晚餐结束后，当班还要负责收拾。清洗餐具，再用抹布擦干收入柜子，水槽和灶台也要弄干净。收拾完，接下来是分工协作：

收集垃圾——厨余垃圾倒入外面的铁桶里,研究室所有垃圾桶里的垃圾也收集在一起倒入铁桶。洗涤——当天使用的抹布和毛巾都放进洗涤机清洗。如果遇到当天的报道任务需要做菜,会动用三台洗涤机,洗完之后一条条挂晒。关窗——关好每个房间的滑窗。没有人的房间,则要留心杜绝火源,关闭所有电灯,最后关上门,"OK,没问题了"。夏天关空调,冬天则在关闭煤油取暖器的同时,为第二天补充煤油。也有汀普莱斯的油压式电热器,但煤油取暖器数量更多,这属于重劳动。

做完这些,"御当班桑"一天的工作到此结束,辛苦了。不过,还有一件事情必须做好,才算彻底收尾。时钟走向夜里九点半时,花森先生和镇子女士一起乘包车回去。当班要跟到门口迎送,并鞠躬道别:"辛苦了。"一直目送包车从门口出发转向路口,才是正确的礼节做法。

啊,还没完。在包车绕过路口的一瞬,花森先生正回头看向这边。到最后一刻都不能松懈。花森先生发现我们正在目送他,便从车里向我们挥手,镇子女士也是如此。

虽然大病过一场,每天待在研究室的时间仍不少于十二个小时,这就是花森安治的一天。即便那天身体困顿或者心情不好,他临走时仍然会像孩子一样跟我们挥手告别。

"明天也带着干劲工作吧。"

我想这就是师父无声的加油。

研究室的味噌汤

改变一户家庭味噌汤的做法，

比推倒一个内阁还要困难。

这是在花森安治的语录中排名前列的名言。

这句话最早出现在1950年《生活手帖》9号发表的《味噌汤与内阁》一文中。此后，他本人曾在多个场合说起，也被人引用过，表达方式不尽相同。后来《中央公论》1974年9月号上登载了《民主主义与味噌汤》的对谈文章，确定下了这句名言。

花森先生在这句媲美格言的话之后接着写道：

内阁可以通过投票推倒，而一个家庭的味噌汤，哪怕当事人都不觉得好喝，做法也不会轻易改变。我们(《生活手帖》)在料理上如此耗费心力的原因也在于此。……

萝卜、羊栖菜、炖油炸豆腐，我们努力去改进这类出现在任何一个家庭餐桌上的家常菜，哪怕效果甚微。因为与其让一道菜看上去光彩鲜艳，不如让它真正为生活添滋加味，这是我们的想法。如此一点点改善做法，是否会逐渐改变生活的模样呢——我们怀着这样的期待。

鹤见俊辅[1]先生曾对《生活手帖》发表过这样的评价："犹如把生活的形态直接变成了思想，这种思想路径让人大开眼界。"而其中最具象的"思想路径"之一，就是味噌汤的做法了。

花森安治针对味噌汤的这番发言，至今没有过时，而内阁，那不过是徒具形骸的空壳罢了。

我在前一篇中提到，当班需要为大家做加班晚餐，味

1　鹤见俊辅(1922—2015)：日本哲学家、评论家、社会运动者、大众文化研究者。

噌汤自然是必不可少的一项。花森安治虽然发表过如此犀利的言论,对当班做的味噌汤却并无过多抱怨,发火更是罕见。

仅有的两次发火,一次是因为小鱼干的出汁[1]过于清淡,另一次则是因为我以分葱代替了小葱。花森先生以为分葱比小葱要贵,批评我太奢侈,其实正相反。葱也有淡季,早春时节,正处当季的分葱是比小葱更贵。但当时,大部分蔬菜已能全年供应,才让花森先生有所误会吧。

研究室的味噌汤,做法依不同的当班或许略有出入,但大致相近。

首先,用小鱼干熬出汁。关于小鱼干,《生活手帖》第1世纪76号(1964年)上的《小鱼干之歌》中,曾做过贴心的介绍:

在店铺判断小鱼干的好坏,首先观察姿势。鞠躬行

---

[1] 出汁,一种最基础的日式高汤,日式料理的汤品等往往以此为基底。一般用昆布、柴鱼片或小鱼干煮成。

礼的姿势没问题，挺着肚皮则不行。

肚皮裂口的显然不行。而即便没有完全裂开，肚子伸展后，背部就萎缩了，于是成了挺着肚皮的样子。

接下来观察颜色。泛着银蓝光芒的看上去似乎不错，而那其实是因为烧得欠火候，没煮到位。真正好的小鱼干，更接近银白而不是银蓝。鳞片也非常完整，不会出现七零八落或大片缺损的情况。

若呈赤黄色，则是油斑所致，最不可取。

如花森安治所写，研究室就是用泛银白光且不挺肚皮的小鱼干熬出汁，但并非直接扔进锅里煮。

要先把一条条小鱼干的头和肚肠去掉，若不做这一步，再优质的小鱼干也会让出汁呈苦腥味。

头和肚肠去除后，为了让鱼干的鲜味充分融入出汁中，要把鱼肚割开，然后装入纱布袋中，浸入盛满水的锅里，一直煮到汁水泛黄。熬制时间不到位，会被训斥。若用柴鱼片熬出汁，则要等锅里水沸腾后再将其放入，并煮到柴鱼片起舞为止。用鱼萃取出汁，小鱼干与柴鱼片的操作方式截然不同。

写出来看似简单,但要在家里尝试,绝非易事,试过便知。

研究室的味噌汤还有一个特点,便是"味噌"。我们坚持选用大阪米忠味噌店的赤味噌,始终未变。

《生活手帖》虽然做过速溶味噌汤的测试,却并未针对味噌本身测试过。但第2世纪20号的《想喝美味的味噌汤》一文中曾写道:

> 请试着将你现在使用的味噌放入热水中,经火煮到稍稍翻滚后,请尝尝滋味。这是测试味噌之味最简单有效的方法。
>
> 在电视上宣传的味噌,采用这个方法测试,基本都不合格。……
>
> 不能仅靠价格判断物品的好坏,这虽然是常识,但在味噌上却似乎不通用。
>
> 对于味噌,还是价格高的质量更好。比如大阪米忠的赤味噌,上等特制的价格为一千克六百日元,希望你将

它与一千克不到两百日元的廉价味噌，用上述方法试喝比较一下……希望至少能用一千克三百日元左右的产品。

这是1972年的文章了，物价自然今非昔比。近来"出汁型味噌"异军突起，占领着市场，已很难如此清晰地对比。但不喜化学调味料那种黏附于舌尖上的味道的人，应能很容易区分味噌的风味。

总之，研究室用的就是米忠的上等特制味噌。而连小葱与分葱的不当使用也会训斥，则是师父作为一家之主的开支考量。加班的晚餐由公司全额承担，一个月单是味噌的消费就不少。因而一锅味噌汤的汤料，前五名分别是裙带菜、豆腐、葱、萝卜、滑菇。

提起《生活手帖》，有人会以为我们只推介价廉物美的商品。但通过味噌这一例便可知，即便价更贵，只要是好东西我们都会如实相告。之所以会有这样的误解，和我们所做的商品测评不无关系。花森先生深知其危险性。

掌控着厨房的家庭主妇，在开支上能省则省，必然追求价廉物美。而她们也很清楚便宜的东西未必都好。仅从这一点来看，在商品测评对象的选择上，编辑若不足够用心，结果可能会辜负大部分主妇的期望，甚至引起不满。这是看待《生活手帖》的商品测评与花森安治的编辑方针时，不可忽视的一点。

德国文学研究者池内纪先生，曾在《日本经济新闻》报每周五的晚刊上连载专栏《游乐园的木马》，内容和标题一样俏皮。

看了1996年5月17日的晚刊，我非常吃惊——花森先生的肖像画出现在一篇名为《味噌汤之味》的文章旁。池内纪先生在开篇引用了花森先生的几句名言，选择的眼光非常犀利，比如谈到日常生活中的潜意识时，引用了"我们对偶然的例外极为严苛，却对每天的日常过分宽容"。或是挑选像这样掷地有声的语句来行文："一个家庭味噌汤的口味若发生变化，一定是超越生活之常理乃至逻辑的。而要实现这一点，需要堪比发动革命的勇气、贤者的智慧，以及参谋的作战思维。"

（池内先生，加油！）

三张桌子，三种工作

1988年，花森先生去世十年后，一本名为《花森安治的工作》的书（朝日新闻社）出版了，作者是朝日新闻编辑委员会的酒井宽先生。其中有一章"三张桌子"，写的是花森先生的办公桌。

迄今为止，评论过花森安治的人已有不少，但潜入生活手帖研究室内部深入探访的记者，酒井先生是第一位。

然而，酒井先生毕竟已无法见到花森先生当年在此工作的场景，对花森先生的癖好、习性和作风，以及手艺人姿态的论述，总是隔着一层。

研究室里确实有三张花森先生的办公桌。如酒井先生所写，一张置于编辑部全员的大房间，一张置于专用于设计工作的"三室",还有一张则放在专给病后的花森先生劳累时休息用的小房间。想到作为新人的我们连办公桌都没有,不禁为自己叫屈。但对花森先生来说,这三张办公桌都必不可少。

若要说酒井先生的文章里缺少什么,那就是花森先生坐在这三张桌子前的不同状态。工作内容跟着桌子改变,花森先生的状态自然也会随之变化。而工作中的花森先生,社外的人确实不太容易了解。

如前文所述,连接二楼"大型厨房"的"一室"大房间内放着大家的桌子,也有花森先生的办公桌——一张他从40年代使用至今的古木桌。为什么战后还用同样的木桌?当时于我还是一个谜。

师父在这张木桌上的工作有三项。

第一项,是阅读个人信件和读者寄给编辑部的信;第二项,是阅读编辑部订阅的《纽约客》《财富》《消费者报告》,以及有版权合作的《日落》《好主妇》等美国家庭杂志,另外还有几本本土的月刊、周刊;第三项工作,是审阅委托作者撰写的原稿和读者投稿,以及用红笔修改编辑们写的文章。作为主编,这三项是每天必不可少的工作。

那么,他每天先从哪一项着手?不用说,和我叙述的顺序一致。特意把编辑们写的文章放在了最后,因为不用红笔修改是不可能的。光是这么想想,就不轻松。真麻烦——很难说花森先生没有这样的想法。如此,只要花森先生开始审读,屋子里的空气就会紧绷。文章的作者犹如等待审判的被告,关注着花森先生的神色,大气不敢出。

如果读着原稿的花森先生马上拿起红笔,那"被告人"便能松一口气。也许这听起来有些反常,但转念一想,用红笔对原稿进行修改,也就表示这稿子有救,至少是合格的。要是他连红笔都不碰,一言不发地将原稿横竖对齐重新束起,那屋子里的空气霎时骤变,乌云密布如暴风雨前的平静。很快——

"什么呀,这稿子写得!谁说要写这种东西的?净是些可有可无的废话,能登出来见人吗?当了这么久的编辑,这点常识没有吗,蠢啊!"

杂志每一号的制作过程中,总有那么一两次,这张桌子能听到花森先生发飙的声音。那骚动就像引爆了火药库。

开火对象不只限于原稿作者本人，凡在场的都属轰炸范围，必殃及无辜。对此编辑部里流传着一句警句："当心手榴弹。"而所谓警句，往往尝过了苦头后才知其威力。当然，总有一些嗅觉灵敏的家伙，在花森先生开始审读原稿的当口警觉到气氛不妙，瞬间不见了人影。唯独桌子开不了口，只能暗自苦笑吧。

与之相比，"三室"里用于排版设计的书桌，每天的日子则安稳得多。毕竟只要依靠花森先生的才华，排版和手绘插图都是游戏般的享受。但即便如此，为了让花森先生带着好心情工作，编辑们没少费心。

比如桌上的文具，铅笔、直尺自不用说，连剪刀、掸子都有固定的位置。必须把它们放整齐，以便花森先生随时使用。负责这项工作的是编辑部主任大桥芳子女士，也有大沼倪子和山口寿美子两位编辑帮忙。我在入社五年后虽然也尝试做过这项工作，但哪怕一支铅笔的摆放，都会让人紧张。

削铅笔的卷笔刀，用的是《生活手帖》上介绍过的施德楼（Staedtler）的产品。光削整齐还不够，笔芯要注意保护，最后用废纸稍稍打磨，红、蓝的彩铅也是这么做。但用于绘制标题文字的 6B 铅笔则有所不同，为了让写出的文字带有一定的厚重感，削完后要将尖端磨圆。对圆滑程度的掌握也很关键，太细或太粗都不可取。

对于各类量尺，则要把前一天沾上的铅笔污渍擦干净，以防弄脏新的稿纸。为此，芳子女士准备了花森先生办公桌专用布巾。办公桌的角角落落都如此细心关照的主编，我想很难找到第二人了。

画出自己理想中的插图和版式的花森先生，心情可谓大好，哼着小曲从"三室"探出来，一脸愉悦："芳子，有好东西了，快来看。"

顺便一提，在生活手帖社，编辑们不会以职位称呼彼此，没有等级观念，大家在称呼上都是平等的。

研究室的三张桌子中，一直默默面对花森先生毫无掩饰的真容，将其不经意间展露的倦容、苦痛之态看在眼里的，无疑就是休息室的那张桌子了。那是一张宛如孩子学习用的小木桌。

这张桌子是花森先生用来写作的。他虽然不爱亲自写，

在研究室，花森安治把刚画好的封面给大家看，图中封面为第2世纪46号。

"一室"的古木桌，用来审阅原稿和书信，以及改稿。这张桌子没少听过师父的训话。

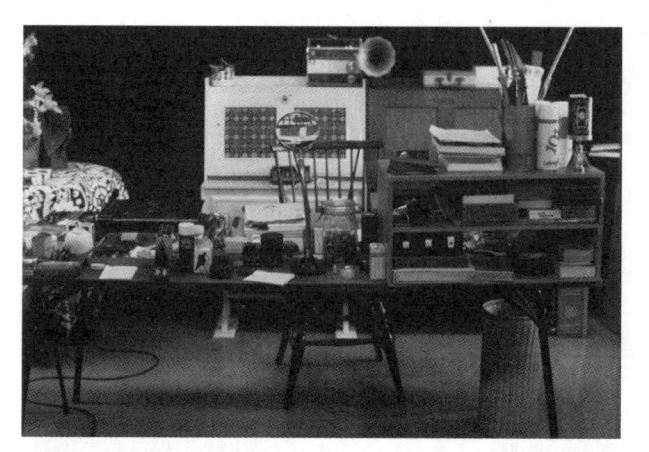

"三室"的书桌,用于排版、设计。

休息间的书桌,用来写作。累的时候,师父就躺到后面的床上休息。

办公桌上的文具。

每次总是临近截稿日才完成，然而一旦写成，内容往往连我们都会感到惊讶。

花森安治的著作《一分五厘的旗》[1]里，收录了他1971年以前的杂文。而此后直到他去世的六年里所写的文章，更带有一层忧虑而哀伤的色调。一旦心肌梗死复发，便难保性命。在他晚年的文章里，能体味到这份向死而生的心境。

特别是1973年刊于第2世纪25号的《向二十八年的每一天痛悔之歌》和30号的《时间已所剩无几》，两篇雄文都被作为卷首语登在《生活手帖》上，如实地展现了花森安治的人格与思想。缔造了《日本读书新闻》，战后又创刊《图书新闻》的田所太郎先生曾发表过如下论述：

> 在这期《生活手帖》（25号）上，花森安治写下了名为《向二十八年的每一天痛悔之歌》的现代挽歌。
>
> 在花森看来，随着山川草木不断被污染，如今的社

---

[1] 厘是货币单位，一厘相当于一日元的千分之一。一分五厘是日本昭和时期一张明信片的邮费。花森安治在此喻指当时召集百姓的召集状的邮费。

会徒有表面繁荣，到处是为了赚钱而不惜损毁真实生活的生意人，这世间已无颜面对死于二十八年前战争的数百万人。

"让我们用自己的双手，擦净被玷污的大海河川；让土地的价格，回到十年以前；让我们放弃制造轿车，放弃喷气机，放弃新干线；那些威胁我们日常，对生活无益的东西——用这双制造出它们的手，现在将它们丢弃。"

花森以最平实的语言高歌，将其实至关重要的事情用不经意的语调呈现，而这首挽歌中，隐含着我们在各自领域无法回避的问题。以柔软包裹坚硬，便是花森安治的特点。

（《战后出版的系谱》，日本编辑学校出版部，1976年）

田所太郎先生和花森先生是松江高中的同届校友，两人后来在东大也曾共同担任《帝国大学新闻》的编辑。田所先生为人低调，并不像花森先生那样好直抒胸臆。紧接上文他继续写道：

在出版界，不断排放尾气、释放噪声的"轿车"和"喷气机"也越来越多。我们是否应该选出真正配得上书之称号的作品，认真考虑如何做一本书？

如此敢言，可见他也是一位具有批判精神、意志坚定的出版人。田所先生作为如今书评文化的缔造者，对日本出版界做出了卓越的贡献（日本《人名辞典》里也收录了田所先生的名字，记录了他的功绩，可惜篇幅不长）。

田所太郎先生于1975年6月自杀身亡。而就在他过世数天前，还现身研究室与花森先生聊了约半个小时。想必他是把这作为与旧友最后的告别。如杉浦明平先生在追悼会中所说，他是一位珍视"手作"出版，怀有古风而又诚实的出版人。

没能预料到田所先生的死，花森先生对此一直很懊悔。

编辑会议只"会"不"议"

《生活手帖》的编辑会议是什么样的?

作为一本双月刊的杂志,正式的编辑会议每两个月开一次,每次为期两天。除此之外,每周一早晨,全体编辑也会在"大型厨房"集合,开短会。另外,因为平时工作是团队分工完成,每一项工作推进间的配合,由花森先生分别和每个团队开会,修正、确认编辑方针。花森先生一般会听取具体汇报,检查每项工作有无纰漏,是否按自己的意图顺利地推进。

一本杂志牵扯三十多位部员参与,难免会有师父注意不到的角落,也会出现径自偏离了方向而踌躇不前的弟子(本人就是其中之一)。即便作为主编的花森先生能力再出众，我想也很难笃定。从《生活手帖》的封面到最后一页都要把控，完全按自己的想法完成，师父和三十多位弟子间事无巨细的沟通非常必要。

回到正题，每两个月一次的编辑会议——两天的会议中，第一天为采购会，第二天为内容编辑会。一般在当月那一号编辑校对完成后的一周内举行。杂志在奇数月的25日发行，会议则在当月15日左右。

会议地点在"二室"——曾作为入社考试会场的拍摄用大房间，排列着白色的钢制长桌，花森先生和镇子女士落座于里面的桌子中央，部员们则围在他俩周围就座。座席自由，但大家基本都有自己固定的位置。其中既有冒着被花森先生训人的唾沫星子飞溅的危险，生怕漏听他的任何一句话而坐于正前方的勇士，也有在每天朝九晚九的持久战中面露疲态，开会打瞌睡的可爱部员——这些人则尽量挑花森先生视线死角的位置入座。

会议中最辛苦的，是社长镇子女士。与会的除了编辑，也包括销售部的所有成员。每人至少要在会议上提出三个策划选题，因而所有的选题加起来有一百五十多条。逐一阅读选题，再拿到会议上讨论，便是镇子女士的工作。

镇子女士每次以六人的提案为一组发表，供大家一起探讨，但基本都由花森先生当场决定，很少出现大家交换意见讨论的场面。说到底，这是一次将自己的选题交由师父评价，学习师父裁定的标准、根据，以及思考方式的机会，而非侃侃而谈、针锋相对的辩论会。编辑会议只"会"不"议"，师父一言九鼎。

1956年3月31日发行的《周刊朝日》上，刊登了刚获得菊池宽奖的《生活手帖》编辑部的特辑，花森安治发表了自己的编辑方法论：

> 《生活手帖》上不登小说，也不涉及时事问题。小说已有其他文艺杂志负责，时事问题则报纸和周刊更擅长。这类问题我们不碰，因术业有专攻。
>
> 编辑工作需要"独裁"。内容当然是大家一起策划，但从提案的确定到最终实施，若无"独裁"，则无法体现杂志的个性。奶酪是因为臭才有人爱。

于是，先由镇子女士逐条朗读，若花森先生表现出兴趣并发表意见，则表示有被采纳的希望；对不予采用的选题，通常不屑于评论而直接无视。问题出在那些触怒花森先生的选题。倘若一开始就知道是雷区，肯定谁都避之不及，但看待事物和思考问题就是有平庸与非凡之差。

若从结论追究，这类选题可归纳为：居高临下的，对弱者无慈悲关怀的，蔑视日常生活的，有违事实而无正义感的，充斥说教的，等等。选题一旦被花森安治嗅到这种气息，肯定少不了劈头盖脸一顿臭骂。

另外，对于往期采用过的选题，或是完全出于个人兴趣的提案，也免不了被花森先生开火："只要我眼睛还睁着，别再让我看到第二次。"言辞十分强硬。但若对此过于较真，完全不碰自己感兴趣的领域，不免像禁欲的苦行僧，因此也不能墨守成规。当然，率先打破禁忌的往往是花森先生本人。从某种意义上说，这也是主编的独裁。

比如1971年第2世纪15号刊登了花森先生署名的《8毫米胶片入门》大特辑，竟占据了足足十六页的版面，把理应禁止的个人兴趣的提案做成了一篇异常出彩的特辑。

1966年2月，花森安治家里发生严重火灾。他深知火灾的可怕，因而有了对火灾事故的测评。实验证明，煤油炉即便翻倒起火也能用水浇灭，获得很大反响。后来又测评过多次。甚至连消防厅都给每家每户发配了三角水桶。我当时也参与了实验，担任计时员。

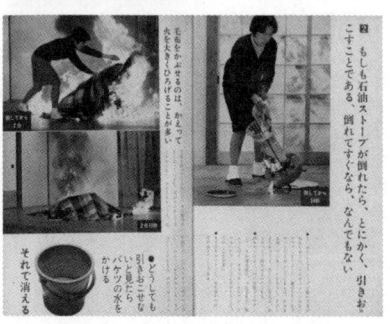

嘴上说着讨厌亲自动笔，在自己的兴趣上运笔却如行云流水，还主动坦白对马克林的铁路模型非同寻常的爱。

总之，编辑会议更像是花森安治的"集中讲义"，也是偷师其博识与灼见的绝好机会。尽管博识，但花森先生毕竟不是全知。现代科学的进步日新月异，对这一领域，也必须听取专家意见。只是，听取并不意味着全盘接受。当科学上的常识与日常生活的经验产生矛盾时，花森先生不断深入问题的内部，摸索解决方案。1968年与东京消防厅之间的"无休争论"，就是一个典范。

《生活手帖》曾针对生活中煤油炉翻倒起火的情况进行实验，并得出浇水便可灭火的结论。未料这遭到了消防厅的猛烈抨击。煤油比水轻，会浮于水之上，加速火势蔓延，因而十分危险。浇水熄火从科学上来说不合理，于是消防厅抨击了这一主张。最终进行了公开实验，结果《生活手帖》胜出。

从科学常识来说，煤油的确浮于水上。但是浇冷水能降低煤油的温度，以此灭火也是科学事实。消防厅虽然深明事实道理，却没有做实验确认。

在《生活手帖》,一切都以实证为第一考量。而要证实"感受",是非常难的。

印象最深的一次编辑会议,是入社后的第一次内容编辑会。虽已过去二十七年,却至今难忘,因为我的三个选题,其中一个被狠批,另一个又被安慰了。

被狠批的是将熊本县的山鹿灯笼作为日本人手艺的提案,狠批的原因是我在其中写了汉字"灯笼"[1]。我在读小学时曾因为家里原因到山鹿市生活过一年。那时,山鹿的特色是丰富的温泉和8月的灯笼祭。宝冢歌剧团[2]的上月晃小姐在当时是整个城市的明星。要论对小学生的我来说这三者中哪个最有魅力,那肯定是灯笼祭。对上月晃小姐的喜爱,则是在长大成人之后。

山鹿灯笼是一种用和纸与糨糊制作的建筑模型。日本

---

[1] "灯笼"在日语里的汉字写作"灯籠",笔画繁复。但日语中的汉字都可用假名替代。花森先生反对使用过于复杂、不常用的汉字,作为一本生活杂志的主编,他主张普通人都能看得懂的字写文章。
[2] 宝冢歌剧团,日本百年国宝剧团。1914年由日本阪急企业创始人小林一三创立,本部位于兵库县宝冢市的宝冢大剧场。

编辑会议只"会"不"议" 103

著名的寺院或古民家[1]都以和纸制作这种精细的工艺品。一砖一瓦和实物相似度极高,是非常了不起的手工艺品。于是我把它写进了提案。而镇子女士在念到"灯笼"时语塞了。花森先生瞄了一眼镇子女士手中的选题,大声呵道:"又搞不明所以的汉字。别以为用一些看不懂的汉字,文章就高级了。文章首先要让人看明白。不明白这一点的人别在《生活手帖》上写文章。给我记牢了!"

趁热打铁——这个成语在此或许不太妥当,但我似乎成了花森先生的眼中钉,一再成为炮轰对象。不过就这件事,我必须感谢他。自此以后,我开始注意写文章时的用词。

至于另一项给予安慰的提案,是制作吊床。我从未睡过吊床,想试一试躺在吊床上看书、午睡,于是把这个想法写进了提案。"吊床的提案虽然没法采用,但这份童心在任何年龄都是必要的,这一点可不要忘记。"可能是刚骂完后心不忍,通常对不采用的提案明明直接无视,这次却给我颁了个安慰奖。

---

1 古民家,日本利用古代传统建筑工法所建造的建筑物。(编注)

其实，花森先生本人也有一颗童心。1973年秋天，拼图刚传入日本的时候，他把青山玩具店里的拼图全部买下，每天晚上沉迷其中。不仅如此，后来更是独断地做成了选题，引发了一阵拼图热潮。

编辑的独裁者，似乎也需要一点孩子气。

文章要像说话一样写

"你们写的文章,蔬果店的老板娘能直接读吗?鱼铺的老板娘看得明白吗?要带着这种意识去写。"这是花森先生常用来训人的一句话。

蔬果店和鱼铺的老板娘听到这话,定要不快,但花森先生此言绝非出于歧视。我母亲那一代被称为"战中派",学校教育在战争中不仅被彻底摧毁,甚至在战后很长一段时间都未见好转。在那一时期成长的大部分人,几乎都被剥夺了接受高等教育的机会。即便想去上学,条件也不允许。

针对那一时期的出版业态,书评新闻类的编辑田所太郎在研究战后出版的历程时写道:

在战后的出版史中，无论是让读者遗忘铅字的沉重，还是感受铅字的乐趣，以自身缔造的品牌培养了一众新读者的编辑人，分别是终战后不久的岩堀喜之助，昭和二十年代的扇谷正造、池岛信平、花森安治，以及昭和三十年代的神吉晴夫。

（《战后出版的系谱》，日本编辑学校出版部，1976年）

花森安治为《生活手帖》定下的文章基调，隐含了对读者深深的体恤。在此，我摘录花森安治就写文章和用词方面的语录给大家参考体会：

让我来教教你——带这种口吻的文章最叫人厌恶。你们写文章，要跟读者站在同一个视角。

即便文笔亲切，也未必就易读。如果作者本人不真正理解所写的内容，不可能成就易读好懂的文章。一知半解的人写不出这样的文章。一知半解，就是进寸退尺。

用了平假名也未必显得亲切。用平假名"ひじょう"，到底想表示"非常"还是"无情"呢？这种模棱两可才是

"反常"（ひじょうしき）。

不爱换行的文章读起来很累。一段最长也别超过十行。拖拖拉拉写成一长串，就是因为脑子没整理好要写什么。

好文章没有一个废字。爱答不理的文字没有人情味。

要写出亲切易懂的文章，关键在于像对话一样去写。尽量别用那些必须看一眼才能明白意思的词。

《生活手帖》的文章以易读性著称，全归功于花森安治这些日常的教诲。

但要写出易读的文字，这些绝非全部奥秘，至多是其中的一把钥匙。另一个关键，在于清晰的思路。若跟人交流时逻辑混乱，写出来的文章往往也东拉西扯，并不好读。花森先生对（暂不论自己的，而是部员写的）这种文章非常厌恶：

大部分文章，开篇的十行基本都能直接去掉。拿信来说就是季节问候，拿落语[1]来说就是枕语。不管这部分有没有，正题都从之后开始，那不如痛快进入正题。

越是年轻人，开篇越爱东拉西扯。叽叽歪歪的，究竟什么时候进入正题啊？我甚至看到过通篇都没重点的文章。年轻人大概以为这就是随笔吧。但随笔可不是这么轻松的。没有一定的人生阅历，写不了随笔。要想写随笔，过了五十岁再说。

比起怎么写，更重要的是写什么。如果作者本人对必须写什么不清晰，读者又怎么能领会？玩文字游戏或是耍小聪明的文章，入不了读者的心。

只要一有机会，部员就会被花森先生如此教育一番。时至今日我还能清晰回忆起他的措辞，可见花森先生重复的次数之多。而一旦动笔，马上就能明白这绝非易事。

花森先生曾表示，自己为了磨炼写文章的能力，誊写

---

[1] 落语，相当于日式单口相声，主要由三部分组成：枕语、本题和结尾。"枕语"即引子，通常先对观众表达感谢，做自我介绍，拉家常或近况，用于引出正题。

北原白秋、宫泽贤治、三好达治、室生犀星、岛崎藤村等的诗，写了近十本笔记本。

无论是否署名，花森安治在任时的每一号《生活手帖》里，一定有他的文章。当然，并非所有专题都是他主笔，部员们也多有参与。虽然表现方式随主题和内容而变，但每一篇都像是出自花森先生之手，说得好听点，就是异曲同工。对此，《文艺春秋》的池岛信平先生评价说："简直就是花森安治的体臭。"

为何会相似？因为部员写的文章，无论内容多短，花森先生都会过眼，用红笔修改。因而每篇文章都统一成了花森安治的风格，是不争的事实。

但是，我并不认为仅仅是风格的统一让文章相似。花森先生为杂志文章赋予了统一的底色，从而确立了他与《生活手帖》的 identity（自我同一性）。

众所周知，identity 是美国精神分析学家爱利克·埃里克森提出的概念。简而言之，即明确"我是谁，我与社会的关系，我生存的意义是什么"。可以说，花森安治创造了《生活手帖》自身的文章风格，文章风格又决定了统一的文体。

作为一个方法论，花森安治教我们写文章要"像说话一样去写"。但这其实并不容易。

就我所知，编辑部里能完全做到"像说话一样去写"的，只有花森先生一人。文章就是他的口述笔记——这一点，别人难以望其项背。

能思路清晰地发表观点的人，并不鲜见。对擅长演讲或对谈的人来说，这不是什么难事。把他们的讲话录音转成文字，去掉多余的虚词，修正文法即可成为文章。但花森安治的厉害之处，并不是在这里。

他能做到而常人做不到的，是对文章长度的精确把握。

举例来说，以口述笔记形式记录时，花森先生都会先跟我们确认字数和整体行数。比如对于一行十八个字，共三十行的文字量，他会让我们直接听写在稿纸上，只略作思索便徐徐道来。口述的过程中，标点自不用说，连汉字的使用也会明示清楚，比如"まち"要写成"町"，"ぼく"则不用汉字"僕"（日本男性自称），等等，指示非常细致。另外，在需要换行的时候，花森先生也会明示："这里换行。"口述完成时也会要求："这里结束。"我们则完全按他的指示在稿纸上动笔。

结果如何？一行十八个字，共三十行的稿纸，竟不多不少恰好填满！我们唯有目瞪口呆。还不只这些，对于听写下的原稿，花森先生虽然会过一眼，但不会做任何改动（期待落空）。毕竟文章的条理很清晰，无可指摘。

"怎么，很让人吃惊吗？这就是经验啊。我在这一行待了快四十年，这点事还能做不好？"

师父的这番话，简直叫人嫉妒生恨。即便经验再丰富，我也绝对模仿不来。

篇幅不长的文章，就以这样的口述笔记完成。若是数百行的长文，他会把自己关进休息的小屋，单独完成。这次口述的对象是小型磁带录音机，依然是娓娓道来，细致明示。录完的原音再由责任编辑听写到稿纸上，也几乎不需要做任何调整。

在版式上，对于竖排的文字，花森先生尤其讨厌标点横向并列的情况。只是两行还情有可原，若出现三行以上标点并列的情况，文章就像被开了窗，视觉上生出一块空白。而花森先生即便口述，也能避免空白的出现，这也是他的厉害之处。

花森先生很善于表达,因此行文逻辑缜密、条理清晰,这不叫人意外。但连原稿的行数都能做到分毫不差,这是让我叹服的地方。并非没有秘诀,经常演讲或是做主播的人应该能想象。

所谓秘诀,就是时间。

花森先生对于自己的语速,一分钟讲多少字,基本心里有数。我推测一分钟一百字左右,平时交流则语速更快。但口述的时候,在标点、换行处都会停顿。由此,根据原稿的长度,大致能推算说话的时间,然后考虑如何在规定时间内归纳所需表达的内容,这就是他的方法。至于我为什么会知道——

花森先生每次看NHK(日本放送协会)的早间新闻时,都会愤愤地表示:"一分钟说了三百多字。为什么NHK的主播讲话都这么快呢?最近越来越快了,简直就是故意的。这有问题啊。"他让部员录入成稿,数过字数。可见这是一个重要的提示。

花森安治的文字还有一个特点,就是很少使用长句,非常简洁。这也是《生活手帖》的文章好读易懂的一大原因。

商品测评是团队作业，原稿也各自分担。排版的时候，花森先生问相关编辑最多的一个问题，就是有多少字，因为字数决定了他给图片预留多大空间。

若是被问到，得马上答出来。要尽量控制字数，为此必须事先做好记录，抓要点，确保文章简洁。这和创作广告文案的方法一样。若抓不住要点，磨磨蹭蹭，或者回答含混不清，那等于又踩了师父的地雷。

"文章，是越削生命力越强。"师父教导。

关于花森安治的文章论，或者说用词之道，最后必须补充的一点，是他对语感——语言的节奏、音韵——的重视。

他让我们尽可能不用含有浊音的词。他特别反感使用助词"ので"。句末加"ので"的陈述句在花森安治那里是禁句，训斥我们应该用"から"。[1]花森先生的文章里，则经

---

[1] 日语中的"ので"和"から"都可以表示原因。"で"为浊音，以"ので"结尾的句子音韵上不如"から"清澈明晰。另外，花森安治对于诸如商品测评的文章等，要求尽可能避免暧昧的表达，意思要清晰明确，这也可看作是他要求使用"から"而非"ので"的一个原因。

常使用"のである"[1]。

用以收尾的句式中,"のである"看似只比"である"多了一个"の",但就像多田道太郎先生所言,这个"の"非常怪异,不好处理。多了一个"の",笔调里隐隐透着一丝傲慢,似乎在说"我来告诉你吧"。如果再加一个"な",变为"なのである",教育人的意味则更强了。如不能完全理解其中微妙的口吻差别,写出来的文章也是枯燥乏味的。

但是,如果把《吾輩は猫である》改为《吾輩は猫なのである》(《我是猫》),则会给人一种害羞、自谦之感。日语真复杂。

花森安治晚年的文章里,根据不同的对象,灵活地运用这种微妙,当笔之矛头指向倒行逆施、无理的权威时,他会频繁地使用"なのである"。当然,害羞的时候亦然。

---

[1] "のである"作为陈述句的结语表达,语气相对强硬。

相机与标准镜头

《生活手帖》的编辑们有两样工具必须自备：相机和小型录音机。让我们自己准备这两样必备的工具，也暗合了花森安治作为一个手艺人师父特有的思考方式。

比如刨子之于木匠，菜刀之于厨师，剪刀之于裁缝，毛刷之于漆涂师……对手艺人来说，工具就是生命。无论什么工种，手艺人的工具都自己准备，甚至量身打造。它们如双手的一部分，应善待使用。花森安治的观点是，用统一配发的工具，成不了出色的手艺人。

"笔和笔记本既然是媒体人的必需品，相机和录音机不也一样吗？采访还需要摄影师和速记员陪同的，不是一个合格的媒体人。无论何时何地，采访都要能自己拍照。所以工具也必须能很快上手。没有哪个笨蛋记者去采访还要问别人借笔和笔记本的。相机和录音机也是一样，必须自备。"

包括社长镇子女士在内的编辑部所有成员，每个人都有自己的相机和录音机。这对刚入社的我来说，是一桩新鲜事。

的确，若是自己掏钱买，必会珍惜使用。长期使用，则熟能生巧。但在我刚入社的20世纪70年代初，这两样都是需要下大决心用奖金购买的奢侈品。对如今的毕业生来说，第一笔工资往往就能买下质量不错的相机和录音笔，在我那个时代却很难。于是在发第一笔奖金的时候，花森安治对我们说：

"你们入社才不到两个月，公司就发奖金，可不是给你们零用的。这笔钱是让你们买相机和录音机的。"

奖金的去向也替我们规定好了。这笔奖金相当于一个月的工资，勉强够买相机和录音机。

我本打算把第一笔奖金寄给父母作为礼物。这不过是正常想法，想让他们高兴一下。但这么一来也没辙，我写信骗父母说奖金要年末才发，请他们耐心等待，拿着钱买了相机和录音机。

相机是一部单反。我想买的是尼康，可惜预算不足。尼康一向不便宜，只能退而求其次，选择了宾得。跟我同一批的两位编辑分别买了奥林巴斯和美能达——仅在相机的选择上，我们之间已有那么点暗中较量的味道。

录音机则是索尼的。当时市面上买得到的可携带盒式磁带机，只有索尼和飞利浦两个品牌。直到80年代初，可以装口袋的随身听登场，轻巧型的产品才逐渐占据市场，价格也由此降下来。

要说相机和录音机哪个对编辑来说更棘手，那当然是相机了。当时没有全自动的相机，对焦、光圈、快门速度都必须自己手动调节。调节光圈来改变景深，以快门优先，则既能动中取静也能虚化背景。手动拍摄的乐趣，是傻瓜相机所没有的。

但棘手的是按快门的意识，这是品位的问题，绝不能在一朝一夕掌握。

"想要拍好照片，最好的学习方法是看电影。比如小津安二郎的电影，内容无所谓，只去关注摄影的角度。不只是仰拍镜头，还要学会看整体的构图。对于室内场景，光线也很重要。不去注意很难意识到，那些细节其实非常考究。

"不一定是小津的作品，即便内容再无聊的电影，也一定有让人眼前一亮的画面，一定有让你好奇究竟是怎么拍下的镜头。看电影就要带着这种意识和眼光。电视对学习摄影没有益处，跟电影镜头比起来，资历还太浅。"

这是师父向弟子传授的摄影秘诀。至于对电视评价严苛，因为那是在20世纪六七十年代。如今随着设备的提升，电视的镜头也可以跟电影媲美了。

《生活手帖》的摄影师，有名的要数松本政利先生。被花森先生和镇子女士亲切称为"松酱"的松本先生，原先是电影的剧照摄影师。电影剧照在当时往往是黑白照，而《生活手帖》中的黑白照片尤其精彩，也是松本先生的功劳。在松本先生作为剧照摄影师活跃的巅峰期，花森先生把他挖过来，也可见其伯乐眼力。

彩色照片可以用色彩障目，黑白照片则无此可能。若不谙熟光与影的平衡，被摄体的存在感与质感就无法呈现出来。让我意识到摄影的重要性与难度的，就是松本先生。

松本先生哪怕是拍摄一个鸡蛋，耗时也惊人，对灯光的要求非常细致。对此我很难理解，明明已是专家，怎么还那么磨蹭？我在一旁干着急。松本先生好不容易调好了灯光，会把取景器伸给我这样的新人看："这样可以了吧，没问题了吧。"可究竟和之前有什么区别，我一窍不通。

松本先生于1975年的夏天病故。在此，让我引述花森安治的悼词来追忆松本先生：

"木村伊兵卫也对松酱的技术叹服，曾说过这样的话：能以黑白照片将白皿上盛放的白豆腐拍得如此水灵，全日本也只有松本先生一人。你们平时离得太近，可能感受不到，但他可绝非一般的摄影师，松酱是相当专业的。"

松本先生也是手艺人。事到如今，可以毫无顾忌地坦白，我在工作无聊时，就会躲进暗房找松本先生聊天。门口只要挂上"成像中"的牌子，就不会有人进来打扰。他会跟我分享过去在各地采访拍摄的回忆，得意地拿出老照片自赏一番："真是好照片啊，是吧，唐泽君。很不错呢。这种角度可不好拍。你看，特别是这里。"

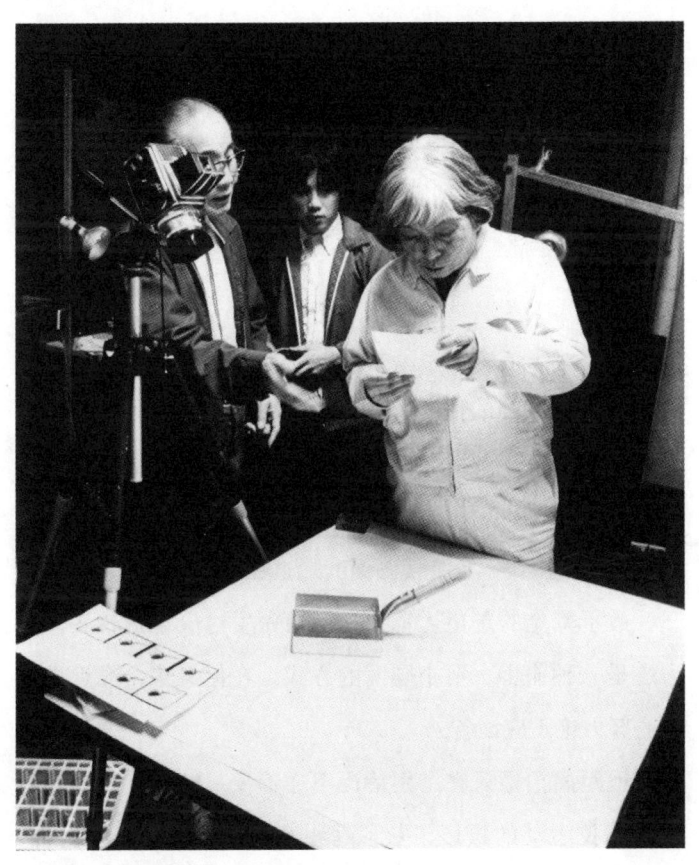

花森先生对松本先生（左）也很严格，但彼此之间非常信任。

照片是好，只是我曾在《生活手帖》上看到过它们，除了感觉很久远，我并无特别感受。但不可思议的是，那些照片如今依然鲜明地印刻在我的记忆里。

"不具现实意义的照片里诞生不了诗情。"这是花森安治曾经说过的话。松本先生的照片里，就孕育着这种真实的诗情。

对于《生活手帖》上刊登的照片所用的拍摄镜头，花森安治有着很强的信念。他执着于用标准镜头拍照片。虽然偶尔也会使用微距和广角镜头，但微距只会用于必须呈现细部的情况，广角则只在标准镜头抓不住全部画面的情况下使用。广角不免会使画面变形，让被摄体扭曲。

最不待见的是望远镜头。花森先生讨厌望远镜头，认为这是一种偷懒、耍小聪明的方式。在他看来，靠近被摄体的努力绝不应该省去。

远距离拍摄只在个别情况下才需要。棒球、足球等大场景竞技运动的摄影，除了远距离拍摄别无他法；另外，鸟类、猛兽等野生动物往往也很难近距离捕捉镜头。除此之外，摄影师应该都能靠近被摄体。俗语有"隔岸观火"

一说，但对摄影师而言，隔岸拍火，可称不上专业。对以媒体记者为志向的摄影师来说，罗伯特·卡帕、尤金·史密斯、玛格丽特·伯克-怀特、秋元启一、石川文洋、泽田教一[1]等人无疑是重要的榜样。

反观《生活手帖》，这并非一本报道世间大事件、新闻的杂志，无须冒生命危险拍摄。因而花森先生才执着地要求我们靠近被摄体，以标准镜头拍摄。较之其他镜头，标准镜头的特点是通光量大，画面明媚，在大光圈下，阴天也能以1/30秒的快门速度拍摄。

如今想来，花森先生推崇小津的电影，也因他的电影大都由标准镜头拍摄而成。小津的电影值得重新审视的地方，不只是低机位的仰拍角度，更在于忠于使用标准镜头。

所谓相机，说到底是由标准镜头决定的。在标准镜头之下，对角度和构图下功夫，便能把握住成像的要点。而技术不精，则即便被摄体不同，也容易从相同的角度、位置取景，沦为俗套。

---

[1] 皆为著名摄影师。

若是摄影师或编辑拍出的照片不合心意，花森先生必然是要发火的。而最让我印象深刻的是他训人的口气：

"又拍这么无聊的照片！"

师父口出"无聊"之时，往往代表两种意思——没有潜力和没有诗情。

但即便出自我们手的没有潜力的照片，经师父妙手，也能起死回生。要让一张平凡的照片出彩，依靠的是裁剪和排版布局。某种意义上说，异常讨厌对称构图的花森安治，能打破平凡，让照片重新焕发出紧张与调和的美。在大部分杂志一旦去掉封面便毫无差别的时代，《生活手帖》的识别度却非常高，就是因为其照片和排版风格非常鲜明。

> 看不懂内容没关系，多去翻外国的杂志，好好观察他们的照片和插图。他们的表现方式，还有很多值得我们学习的地方。

在花森安治的语录中，这一条不可或缺。

《一个日本人的生活》余话

　　某个报社的编辑部主任对新来的记者指派任务："今晚十一点在首相官邸有重要的会面，你去采访一趟。"

　　不料那位新人记者呆呆地看着主任，说道："没必要特意跑一趟啊，电视上会转播嘛。"

　　以前有"夜访朝探"的说法，表示突袭采访。自我们选择以传播为业，就被告知这是无可回避的使命。事件和新闻没有早晚之分，须时刻准备好赴前线报道，做不到这一点则不配当媒体人。如今，"夜访朝探"的老话已经没人用了，更常见的说法是"这个人的脚很勤快"。如今的年轻人，不用狠话刺激他们不行。

《生活手帖》虽然与报纸、周刊杂志的方向和立场有所不同，但花森安治认为内里的精神是一致的。

为《生活手帖》带来口碑的《一个日本人的生活》专栏报道，就是一例。在此专栏中登场的人物，并非功成名就之人，也未受过什么表彰，只是过着普通生活的平凡百姓。这里记录的是他们每天的生活。《一个日本人的生活》专栏于1954年由花森安治开创，如同一部纪录片，清晰地体现着他的传媒哲学。

《生活手帖》在战后的媒体报道领域也是最早绽放的一束异彩。让我再度引用田所太郎先生《战后出版的系谱》中的段落：

> 战后的时代，对于坚信语言能反映普遍的理性而依赖综合杂志的知识分子，也不得不以肉身作为生活者的样貌出现。与此同时，于深处保有沉默之语言的庶民荣升为历史的主人公。综合杂志徒有其名，无法把握战后整个人间世相。而若有能做到这一点的杂志，那非花森安治的《生活手帖》莫属了。

《一个日本人的生活》不可忽视的特点，是采访的细致走心。对于专栏中介绍的人，需要根据其职业属性，跟踪他们四季的生活，为此采访可长达一年之久。

不只是跨度久，采访的日子里，每天从早到晚一刻无休。当然，这无法一蹴而就，而是见缝插针，利用对方工作之余的时间采访，认真聆听对方的讲述，直到彼此之间充分信任。获取对方的信任是最重要的。只取场面话，并非《生活手帖》采访的方式，也是不被花森安治允许的。自身常年的经验，让他深谙采访的门道。

编辑们畏惧花森先生的原因很多，其中一个，就是他绝不放过任何一个不用心的采访。

某次一个编辑把整理好的采访资料成稿后提交。花森先生读后，无论如何都无法认可，就把那位编辑叫来："对方真的说过这些话吗？"

"是的。就是这么说的……"

"我实在无法相信对方会说这样的话，应该还漏了什么。你把录音拿来给我听一下。"

编辑回放采访录音的过程中，花森先生的脸色愈发阴花森安治的目光，始终着眼于普通人的生活。讲述市民日常的专栏《一个日本人的生活》，在战后的新闻媒体界开辟了一个新视角。

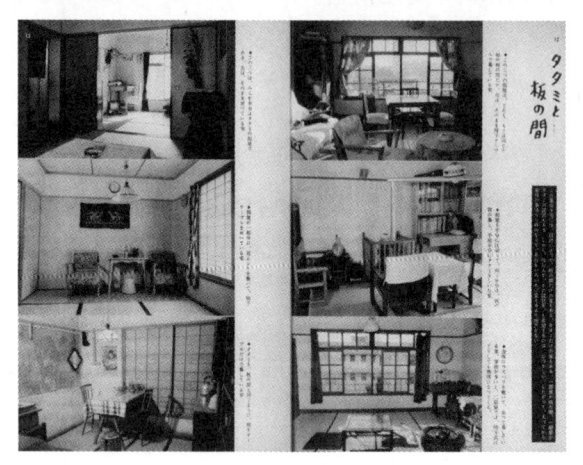

1955年第1世纪28号，《公寓生活》。

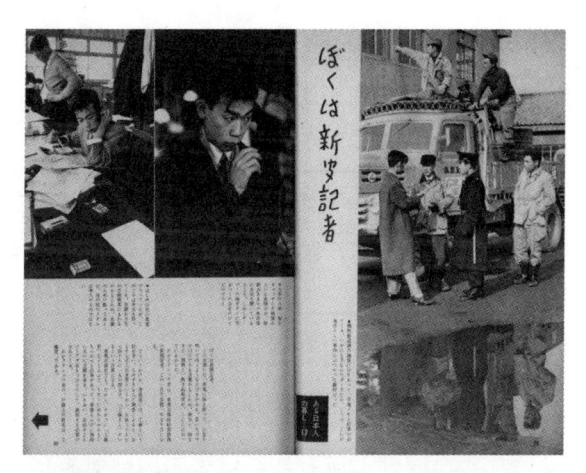

1958年第1世纪43号,《我是新闻记者》。

1976年第2世纪42号,《投币式自助洗衣店的青春》。当时我入社不久,还很年轻,也获得了写稿的机会。

沉。录音里的受访者除了"是的""对的"之外什么也没说。原来采访编辑在询问时,已经替对方准备好了一套说辞,受访者自然只能点头了。

"这算什么啊?对方什么都没说,全是你自己的话!你这不是采访,只是在确认自己的想法。这还有采访的必要吗?也能拿得出来?"

好不容易跑的采访,稿件最终被雪藏了。

受访者的职业各不相同,若是经常在人前发言的,则采访往往会顺利,而有些受访者不习惯对着话筒发言,还有的则完全不善言谈。遇到后面两种情况,记者通常会事先做功课,如此进行的采访就容易出现一味凭自身的信息和知识替对方说话的情况。甚至略知皮毛就装懂,对方看穿后,反而敷衍了事。

事先做功课是必要的,但打开对方表达的欲望,则是采访的铁律。

花森先生的可怕之处,就是这种敏锐的判断力。正因如此,他的采访能力非常强。哪怕是对方可能不愿触及的话题,他也有办法让对方开口。您读一读《生活手帖》初期的《一个日本人的生活》便能有所体会,他会让对方畅所欲言,并承诺"如果有不想刊登的内容,请告诉我,我不会写出来",且忠实执行。

《一个日本人的生活》的报道无法敷衍,不仅在于采访的难度,更关键的是照片。若无法带回决定性的照片为证,花森安治定会火冒三丈。这又是没法蒙混过关的一步。

> 比如投票当日上午的新闻,展示的往往是各党派领袖投出一票时的情景。
>
> 仔细观察,会发现画面像约定俗成似的,恰好定格在各领袖将选票放到投票箱里一半的时刻。……
>
> 现在的相机,哪怕在光线昏暗的室内,快门都能抓拍。何况一个靠相机吃饭的人,是不可能抓不住投票瞬间的。
>
> 这种设计好的动作源自"配合"的默契,也是长期养成的"惯性"。
>
> 而对媒体人来说,最可怕的就是这种"配合"和"惯性"。
>
> (《冷淡的风景》,1974年第2世纪31号)

的确，虽然如今的投票场面，报纸上已不再登照片，但首相或大臣与外国代表会谈时握手的画面仍很常见。若观察电视上的新闻，日方已经习惯以标准的笑脸相迎，而外方在握手时往往面无表情。这种"冷淡"的、"被设计"的照片，无论编辑拍得多辛苦，都逃不过花森安治的眼睛，一定不会采用。

除此之外，编辑最花心思的，是必须拍到受访者居住街区的全景照。没有这张照片，花森先生不会认可。时间转瞬即逝，要将街貌风景清晰呈现，留给按快门的时间非常有限，只有早上七点到八点合适。过了八点气温上升，远处渐起雾霭，空气则不再澄澈，平原和临海地区尤为明显。为此，要在前一天就决定好取景的地点，当天拂晓就到指定地点（有时候是山上）架好相机。运气好的时候，能顺利抓住街景全貌。也会遇到日照过强或阴天等不走运的时候。

总之要想让花森先生认可，必须尽可能多取景，带回不同时间、不同场合的照片。照片必须反映受访者生活的方方面面。也就是说，照片的丰富性，是采访人勤奋的证明。

但要说这些耗费苦心得来的照片，会不会被花森先生全部采用，自然不可能。版面有限，即便拍了一百来张照片，能刊登的也就二十至二十五张。这么看来好似做了无用功，其实并不尽然。编辑和摄影师的这番努力，让版面的呈现更生动而有张力。

生活手帖社的摄影师从不使用自动卷片的胶片相机，同一场景即使按下数次快门，也只会保留一张。若"枪法"不够好，在同一个位置按快门超过三下，一定会招来花森安治的训斥："你以为是在拍电影呢！不要像个外行一样做无用功。"尽可能多地选不同构图拍摄，这一点非常重要。

《一个日本人的生活》可以称为一部由照片构成的纪录片，以多彩的照片展现了一个人的生活全貌。但是要排除"配合"与"惯性"，以一张照片表现完整的人性，绝非说得那么容易。照片所表现的不仅是被摄体，也暴露了拍摄者的人格全貌。

美食里藏着诗

在东京都历史文化财团发行、粕谷一希先生编辑的月刊《东京人》中，有关于"东京媒体人大批判"的系列专题，曾以《生活手帖》为例探讨过。那一期发行于1991年10月，标题为《〈生活手帖〉是战后首屈一指的杂志》。

这一系列专题，每一期都以作家丸谷才一先生与嘉宾对谈的形式呈现，那一期邀请的是和田诚先生与时尚评论家川本惠子女士。

对于曾在生活手帖社任职的我来说，以"大批判"为宗旨的对谈内容，固然有说中的地方，但也失之公允。冲动之下，我给对方寄了一篇长长的抗议文。所谓年少轻狂，莫过于此。很快我就收到了主编粕谷一希先生回寄的明信片,让我不要对内容太较真。我记得当时非常羞愧。花森安治不管被怎么评价,受到怎样的指责,绝不会反驳或为自己辩解。对比之下,我的行为实在叫人羞愧。在此我引用对谈中丸谷先生的发言,也算作一种"赎罪"吧。

他的发言针对的是《生活手帖》中的美食文章。这里引用的,当然是我认为说中的部分:

> 编辑部写的文章,传达力非常高,十分通达易懂,是很有特点的美食文体。大江健三郎在《周刊朝日》担任书评委员期间,曾为生活手帖社出版的料理书写过书评。他提到,翻开任意一页,随手一指"就做这个吧",然后把食材备齐,按文章写的做出来,基本不会有偏差。能让一个男人第一次读就能照着做的美食文章,几乎不存在呢,至少在《生活手帖》之前是如此。能让不懂料理的男人也毫无障碍地做出来,大江先生夸这本杂志的文笔也相当了得。

如丸谷先生所言,《生活手帖》的美食文章以料理制作方法通俗且准确而闻名。若这段话还有可补充之处,那就是编辑部针对料理的"试吃和试做"。丸谷先生想必也对此有所耳闻。在此赘言几句。

料理并非仅在制作,更重要的是味道如何。若是做出来的味道不佳,读者自不能接受。因而这是首要问题。

厨师——比如中华料理的战美朴先生——会光临生活手帖社的研究室,跟编辑们开会讨论料理食材。战先生会根据当季的食材,考虑做什么样的料理。毕竟中国拥有五千多年的历史和饮食文化,开高健先生对此就曾写过:"天上飞的除了飞机以外,四只脚的除了桌子以外,都能做成菜。"

因而战先生挑选的菜品也丰富多样。当然,也非完全交由他发挥,毕竟有些菜品日本人的舌头接受不了。首先请战先生做几道不同的料理。中华料理的优点是只要食材完备、菜刀齐聚,外加中华锅在手,很快就能上桌(当然也有费时费功夫的,但在新鲜食材丰富的日本,可以不考虑需特意晾晒风干的菜品)。

接着到了对战先生做的菜进行评判的"试吃"环节。一般由责任编辑担当试吃员,但其实在场的人都可以一尝,只需给出感想和建议即可。我就属于特别热心参与的积极分子。受到一致好评的料理会被留下，最后确认咸度和酱油量，就算正式采用了。但这还只是第一关。

第二关则是丸谷先生提及的部分。让另一个编辑根据责编写的文章进行试做，并且试做的料理还需再试吃。由此才能判定试做的和厨师原作的味道、装盘等各方面是否一致。若口味不对，则说明文章不够明确。第二次试吃也可随意参加，但原则上只有试吃过战先生"原作"的才有资格二次评判。不用说，我一直有资格。

大体上，《生活手帖》上的美食文章都要过这两关，原稿成形要经过好几位编辑的胃。最终只要照着菜谱，谁都能做出一模一样的料理来。

我这样写出来，怎么看都很合理，但要达到这种水平，背后着实不易。如今电视上美食节目盛行，料理教室也越来越普遍，美食的世界逐渐被打开。特别是现在的年轻人，跟他们对话、教他们时也得客客气气，不然他们很容易就放弃了。于是现在什么都能轻易学到。但过去绝不是这样。

我有一位在饭店工作的朋友，之前他只把《生活手帖》看作众多家庭杂志中的一种而已。直到有一次他走进主厨的房间，在书架上看到和著名的法国料理辞典《拉鲁斯》（*Larousse*）摆在一起的，是生活手帖社出版的常原久弥的《一皿料理》，才对这个社刮目相看。平日一直自视甚高的主厨也直率地坦言："料理相关的书很多，但内容正确、连像我这样的专家也能学到东西的，只此一本。"

那位常原久弥，是大阪皇家酒店被誉为"先生"（Monsieur）的顶级厨师。他每隔两个月到一次东京，来研究室做法国料理，参与专栏内容策划。当然，我也会义不容辞地加入试吃，蹭一口名厨的手艺。那味道，只能用优雅来形容。

常原先生也是一位具有匠人气质的名厨。他并非不好相处，但几乎不说任何多余的话。制作现场的气氛不免有几分紧张。

曾经发生过这样的事情。各项准备已就位，但常原先生迟迟不动手。责任编辑左右忙活，连镇子女士也开始慌张地指挥部员。而常原先生不动手的原因，连我也看出来了：责编买来的食材（蔬菜），不合常原先生的意。一般蔬菜的状态稍有不同并无大碍，但一个手艺人会计较细节的偏差。

两手一插，露出怅然若失的表情，表示无能为力。还不过上午十点，就算重买，这个点也没几家店开门。开门营业的也未必有常原先生满意的种类。于是大家纷纷出动，把附近的超市、菜场，一家不漏地跑了个遍。

这么看来，常原先生似乎是非常固执、无法通融的人。但那一刻他怅然若失的表情，其实是对如今日本连区区蔬菜都不能称心人手的叹息。不仅是蔬菜，就连作为主食的谷物类，最近也变得有些不寻常。花森安治如此写道：

> 以豆腐为例，去京都的嵯峨，依然能看到不少做豆腐的店。
>
> 然而，每天为三顿饭的小菜，特意坐一趟新干线去买一盒豆腐，怎么看也不现实。……
>
> 如果"善待我们的生活"不再只是选举的宣传口号，而是真正去思考背后的真意，那么我们对待与日常生活息息相关的食物，比如做豆腐用的大豆，根本不会觉得买国外进口货是理所当然的。
>
> （《世相中落》，1977年第2世纪48号）

美食里藏着诗

1975年第2世纪37号，常原久弥先生的美食专栏《周日的菜单》。

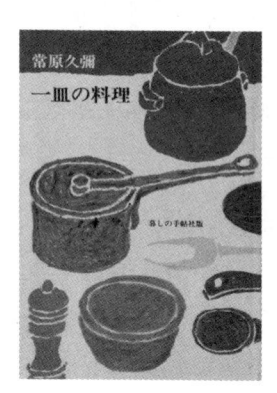

单行本《一皿料理》，1975年，生活手帖社。

《生活手帖》中所介绍的料理有三大原则：食材容易入手，制作不麻烦，试吃过确认"美味"。也可以说更接近"家常小菜"的概念。有人评价照片不够精致，过于素朴了。但家庭本就不是饭店。松本政利先生的照片将顶级厨师的手艺表现得恰到好处。单行本后来曾被评为美食照片的教科书。

1962年第1世纪65号,《家常菜十二个月》专栏第32期。

单行本《家常菜十二个月》,1969年,生活手帖社。

《家常菜风外国料理》,1972年,生活手帖社。

花森先生写下这段话的那一年,根据日本农林水产省的统计资料,大豆的国产自给率只有4%。如今这个数据是5%,看似提高了一点儿。而其实三年前,美国因大豆歉收而禁止向国外出口,原本大豆90%以上依赖美国进口的日本,直接受到影响,供给一时紧缺。所以数据的提升全拜美国所赐,低迷的状况其实并无好转。

也就是说,不仅是豆腐,酱油、味噌、纳豆、豆芽菜等几乎都用进口大豆制作的食物,我们吃下去的同时也抱怨口感变差了。乌冬和荞麦面的原料,九成也来自进口。顺便一提,谷物的自给率在30%,大米的数据看上去不错,但1993年的严重歉收导致了次年的"平成米骚动"[1]事件。农业一旦垮了,国家也就亡了。

花森安治如此写道:"现如今,也只有美食中还能看到诗。倘若我们的生活里还有动手的乐趣,那就是做菜。做菜这件事里蕴藏着诗心。"

---

[1] 1993年,日本大米产量仅为往年的七成多。米价抬高,政府紧急从泰国、中国和美国购买大米应急。但大部分日本国民并不接受不带黏性的泰国大米,结果是大量的泰国大米被非法废弃,引发一系列社会问题,史称"平成米骚动"。

美好星期天

任何一期《生活手帖》，都有十分之一的版面对读者开放。让读者尽可能多地参与，也是杂志的一大特色。

其中，《读者的手帖》是针对杂志内容的感想和意见，并不陌生，无须赘言。但像《家庭学校》《我读过的书》《美好星期天》这些板块，只见于《生活手帖》。其中《家庭学校》从前身《亭主与夫人学校》起，存在了近四十年，属于长寿策划。最初给我们投稿的那些读者，如今早已是令人敬爱的爷爷奶奶了。

一个栏目能在一本杂志中留存四十年之久，必定有着能牢牢抓住读者的策划点和好标题。这在《我读过的书》《美好星期天》板块中也显而易见，两者也已存在了二十多年。

那么，这些板块究竟是如何操作的？首先是公开征稿，但并无指定的截止日。从配上插图和照片以排版、印刷的时间推算，还要留出三周时间评选。因此在一期杂志完成编校的当口，差不多就是下一期投稿的截止日了。

每次投来的稿件数量，最少也有三百件，多的时候甚至超过五百件。责编收到稿子后，利用闲暇给每篇文章编号。编了号的文章交给由三人组成的评选委员会审读，其中包括泽村贞子女士的丈夫大桥恭彦先生和朝日新闻学艺部部长角田秀雄先生。他俩会光临研究室，我时而能望见他们安静审稿的身影。若用棒球比喻，这两人拥有超群的击球眼力。虽然最终决定权在花森先生手上，但他俩挑选出的原稿采用率极高。大桥先生每每也十分期待观察花森先生的选择是否与自己一致。

在咖啡机还没有普及的时代，阅读三百件以上的原稿，也有方法可循。首先将所有稿件平均分成三份，确定好期限后，分别交给三个评选委员。只要有一人拖延，就会影响其他两人的进度。我虽然不是责编，但也曾夜里十点多跑到青山的饭店取稿，再辗转把原稿送到报社。

如此，一篇原稿会分别得到三个人的评价。责编统计三位评委的意见并做初选，再交由花森先生最终挑选。花森安治对文稿的评判有一个原则，就是不以文采定夺。投稿的读者里自有专业的写手，深谙如何引人发笑、何处让人落泪，娴熟的文笔犹如一位身材姣好、亭亭玉立的女子。但越是这样的文章越危险。虽不能一概而论，但其中不免有"创作"。识破这类虚构作品倚赖编辑的眼光。也正因为这样，花森先生不亲自过眼不安心。打个老套的比方，花森安治的眼光，"力透纸背"。其嗅觉之敏锐，能精准地剔除这些不诚实的文章，把文笔略逊但平实真挚，能感受到对方人格与生活的文章选出来。

但话说回来，刊登的文章没有文笔差的。这也归功于编辑的把关，在保持原意的基础上不添新词，去掉无意义的废词，最后调整助词。仅是这些动作，就能让文章提升不少。

某种意义上，文章如插花。即便是随处可见、平常无奇的花朵，在能抓住其生命的插花师手里，亦能化腐朽为神奇。文章也是这样。对文章的修剪能力是一位好编辑必备的素质。花森安治在这方面再一次展示了出众的才能。作家森茉莉[1]曾就这一点写过文章。

森茉莉女士1953年曾在《生活手帖》编辑部短暂工作过。当时她手头拮据,由妹妹小堀杏奴女士介绍入职。那一年森女士约五十岁,花森先生四十岁出头吧。

> 从明天起,我将在生活手帖社上班。虽说"上班",但没有自己的办公桌。靠窗的角落有张用来堆放库存书的四方桌,在桌上整理出一块三角区域,擦去灰尘,这就是我的临时办公桌。大约过了三天,花森安治发话了。"森女士,付给你的工钱,是我自掏腰包的零用钱哟。"我在心中想,不管是从腰包还是哪里来的,这一万日元于我都很尊贵。既然无法帮上编辑们的忙,我每月为杂志写两页左右的文章,以表感谢。而深切感受到花森安治的过人之处,是某次我写的文章多出版面十九个字时,花森安治轻

---

[1] 森茉莉(1903—1987):日本小说家、散文家,大文豪森鸥外的长女。一度靠父亲的版税收入生活,后因生活拮据而开始写作,曾在生活手帖社短暂工作。

巧地从整篇中分别去掉了五个字、七个字和七个字，从头一读，文章变得更干脆洗练，也更生动了。不禁感慨，他实在是文章高手。

（《花森安治与森茉莉》，《周刊新潮》1984年4月5日）

《生活手帖》中读者参与的板块之所以长久存在，主要有两个原因。首先自然多亏了提供优质内容的读者，这是前提和基础。另一点，我想是仰仗了选稿人的品位和眼光，保证了出自素人（读者）之手的文章，水准和精彩程度也不亚于专业作者。

顺便在此泄漏一个"秘密"。因跟我自身息息相关，想必花森先生会原谅我。

《生活手帖》中开设《美好星期天》板块，是从1975年4月第2世纪35号开始的。第一期栏目登了四篇投稿文章。而事实上，这四篇文章并非来自读者，用我们的话来说是"内部投稿"——由编辑本人和跟杂志关系近的人所写。那是为了给读者投稿提供一个参考范本，并且其中一篇出自我之手。

标题是《一大早用探戈大扫除》，写了一个二十七岁单身男子的周日时光。

说起来，最初这个任务是拜托给社外的一个朋友，不料对方在临近截稿日推辞，便落到了我头上。而且是当晚被告知，要求在第二天早上交稿。对此我也习以为常，辩驳无用，只有抓紧把坑填上。

可即便是定了"美好星期天"的主题，别说恋人，身边连女性朋友也难觅踪影的单身男人，周日必然是颓废的灰调子。我只能硬着头皮，抓耳挠腮。但编造一些装酷的内容又实在不擅长，边写边叹气。眼看时间一点点流逝，不禁悲从中来。最后心一横，就老老实实交代吧。我带着自嘲的口吻如实写下自己的周日，只求不被同情才好。等搁笔一抬头，天已蒙蒙亮。

结果那天早上——

"就属唐泽君的文章死气沉沉。"我的文章惹得花森先生不悦。

"需要换个人重写吗？"责编问。

"不用了，没时间。"尽管不甚满意，花森先生还是决定采用，着手排版。

但凡新板块，板式都由花森先生敲定。先做出"美好星期天"这个配插图的手写标题，再定好每篇文稿标题的活字大小，以及文章段数和字数，最后根据每篇文章的内容配上相应的插画。不用说，每一步都由花森安治亲自上手，且一如既往地速度惊人。不到中午就全部完成，转交印刷。

但我心里不是滋味儿。熬夜写成的文章被斥为死气沉沉，让积攒的倦意土崩瓦解。一上午没吃东西，却食欲全无。悻悻地想，估计不会再让我写稿了吧。

结果却出人意料。无论是责编还是花森先生本人，都对读者的反响始料未及。对我来说则可谓"晴天霹雳"。不过，最初我也蒙在鼓里，并不知道会引起如此反应。

我的文章署的并非真名，而是拟了一个挺常见的名字：谷川次郎。未料这个名字却引发了意想不到的事情。

"那位谷川次郎一定是我的小学同学或儿时玩伴。久未联系，有些想念。请告诉我联系方式。"编辑部接连收到类似的询问。甚至有女性提出想要交往，还有父亲写信来想把女儿介绍给这位"谷川次郎"。都是真事。

最初是责编对接回复："根据谷川本人的强烈要求（？），无法公开他的电话和住址。"我则完全不知情，依然郁郁不振，直到花森先生突然对我说："喂，据说有不少年轻姑娘想认识你啊。是不是偷偷去幽会了？"

他心情不错，脸上浮现出一丝坏笑，带着点儿嘲弄的口气。由此我才明白发生了什么。

然而，通过这件事，花森先生的想法似乎也有了转变。《美好星期天》诚然是花森安治创立的经典策划。那时正值做五休二的公司逐渐增多，名为《美好星期天》（Beautiful Sunday）的歌曲也正流行，因而命名上也顺应了时代之趋势。然而休息日的增加可谓喜忧参半，对于有家庭之人是福利，然而在大城市里像我一样无依无靠的单身人士也有很多。

另外，据我的文稿所激起的反响和之后收到的征稿内容来看，一个让花森安治尤为欣喜的事实不言自明，即我们拥有大量年轻的单身女性读者。在此之前，《生活手帖》的读者群一直被认为是全职主妇或有工作的主妇。而此次来自年轻女性的反馈打破了这种先入之见。之后在《美好星期天》

栏目中，来自年轻单身女性读者的文章也有意识地增加了不少。

比如在之后的36号上，九篇征稿中有五篇来自二十岁以下的女性，并且其中两人还是高中生。后一期的37号，登了一位叫铃木美帆的三十一岁单身女性的投稿，内容与《生活手帖》给人的印象对比鲜明，十分独特。

题目叫《凭什么非得结婚？》。

这位铃木女士的周日，首先是"享受早餐，和倾泻进来的阳光一起，享受吸第一口烟的舒畅（美味）！"接着把长腿叔叔送的躺椅"摆到光线最充足的地方——悄悄说——裸着上身晒日光浴"，到晚上"在九点的电影开始前，找一个最佳观影位置坐好，倒一杯兑水的威士忌，等电影结束，正是醉意来袭的美妙时刻"。

这篇投稿曾被花森先生在编辑部大加赞赏。铃木女士一反传统妇女的"大家闺秀"，乔装"不良少女"，这篇文章本质上是对女人就该结婚成家的世俗观念的辛辣批判。这可谓是对花森安治的《生活手帖》发出的一份挑战宣言。投稿的铃木女士自然了不起，选出这篇文章的委员，以及能大力赞赏并采用的花森先生，也让人钦佩。我认为，这份柔软的包容力，是《生活手帖》达到一百多万册销量的根本所在。

《家庭学校》、《我读过的书》以及《美好星期天》这些板块，每一页都是读者自己的生活以及生活方式的展现。这里无关权威，没有名流，是普通人自豪（同时混杂着一丝人生哀愁）地讲述自己生活方式的地方。

德国之绿，意大利之褐，日本之青

在花森安治过世十七年后，于 1995 年首次举办了他的《生活手帖》封面原画展。

展览位于六本木的生活手帖社别馆，展期为一个月。展览期间我去了两次。

从 1948 年 9 月的《生活手帖》创刊号，至 1978 年 4 月发行的第 2 世纪 53 号的封面（遗作），去除以照片为封面的四十七期，三十年间花森先生绘制了一百零六幅封面原画。即便是照片的封面，也精妙地呈现了花森安治的设计风格。无论是水果还是厨房的锅碗瓢盆，这些极为日常的东西，经他手却成了艺术。花森安治的构图有着无与伦比的美。可惜那次展览没有展出这些照片的封面。

当然，他的画也足够精彩了。每一张原画都很精彩。初期的画距今已有半个多世纪，却没有一张出现损伤、变色的情况，可见保存得非常用心，就好像是昨天画成的。

我会有这样的感受，还有一个原因——每一幅画都显得古色苍然，却毫无"怀旧"感。它们一点儿也不显陈旧，反而充满新鲜感，甚至新鲜得叫人哑然。每一张的色彩与构图都让人叫绝（封面采用的那些照片也一样。花森安治具有平面设计感的摄影风格，据说受到过木村伊兵卫、秋山庄太郎等多位摄影大师的高度评价）。

最早发现花森先生绘画才能的，并非评论家，而是画家。

生活手帖社在1959年测评过儿童用的蜡笔和油画棒。那时的测评员是梅原龙三郎、小矶良平、三岸节子等大名鼎鼎的九位画家。他们接受与其他志愿测评者相同的待遇，用儿童的蜡笔作画，评价不同颜色蜡笔的优缺点。我们根本无法想象让这些大师来参加这样的测评。而他们能最终同意参加，想必是出于对花森安治绘画才能和审美的认可及信任。

对于花森安治的插画，专家们若有可指摘的地方，那就是画材了吧。花森先生不挑材料,也不分油彩、水彩。蜡笔、油画棒、彩色铅笔,但凡能用的,都为他所用。银座的伊东屋若出现了新品,他会立刻买来尝试。他在板上作画,而非布。

花森先生创作封面,有一个专用的小房间。到那一期内容差不多编辑完成的时候,他就会把自己关进那间屋子,投入封面的创作。这时谁都不可以进去打扰。他似乎尤其讨厌被别人窥到半成品,连镇子社长都禁止入内。如果有急事需要他处理,一般拉条门缝,脸侧向一边,站在外面传话。

创作基本一天内完成。画完之后,他会连同画架一起搬到第一工作室给我们过目。这往往是大家最期待的时刻。

每次呈现的作品,面貌都不同。花森先生的风格鲜明,每次都能找到新的形式,不仅体现季节的流转和变化,还能提示出杂志的内容,呈现独特气氛,好像在说"这次的主题很轻快",或是"这次的内容相对沉重",能让人预感到文字的情绪。

的确有人发现了这一点。哈佛大学研究生院的两位研究新闻传播的美国人，曾到访生活手帖的研究室。

他们认为，讨论日本的传媒不可能绕过《生活手帖》，便亲自来访。据说当时他们留下了这样的话："作为商业杂志却不登广告，确实很独特，但在书店看到杂志时，印象最深的就是封面。其他杂志的内容无法预知，看上去都差不多，没什么个性。唯独《生活手帖》不同。不仅充满个性，编辑的理念也清晰呈现。哪怕是完全不懂日语的美国人，也能一眼看明白这本杂志是有态度和思考的。"

可能有一半是客套话。不过当时陪同花森先生一起接受采访的前辈说，两位美国人犀利的问题确实让人感受到了哈佛精英的实力，但同时也再一次叹服花森先生的才华。

花森先生创作封面有一个不为人知的地方：画成之后，他时常会从头来过。有人认为，重画是因为编辑们对初稿的反应一般，但我不这么看。其实真正的理由谁也不得而知，只能说是花森先生自己不认可吧。

"如果能按自己的兴趣作画，那是再好不过。但我不能凭兴趣创作。我是在装饰《生活手帖》这件商品。仅考虑到这一点，对要画什么就必须慎重考量。"

从头来过，想必十分需要对自己开诚布公的心境。

花森先生的封面画，都有签名。和画家不同，他会根据每幅画调整签名的方式。既有签全名的，也有只留一个首字母 Y 的。有时写 hana y，有时写 yasuji h，等等。文字大小也各不相同。有一种说法是，花森先生会在自己特别满意的作品上签全名。对此，有编辑曾向他本人求证，花森先生只是淡淡地笑着说："是啊。"但我对此一直很怀疑。

这次的封面原画展便是一个确认的机会，为此每一幅我都认真过目，并得出了以下推论。

花森先生是把自己的签名作为画的一部分呈现，而非根据画面好坏决定签名的形式。签名的位置尽可能不破坏画的平衡。有时还会将字母 y 和 h 绘成抽象图案。若如传言所说是按满意程度设置签名，那相对一般的画作签名应该尽量小才对，但事实相反，签名很显眼。他显然是把签名作为画的一部分设计的。

"看我的封面这么久了，你连这点都不知道吗？"花森先生当时笑着点头，想必是因为我们没理解他。

"视而不见"，这是花森先生常挂在嘴边的话。

德国之绿，意大利之褐，日本之青

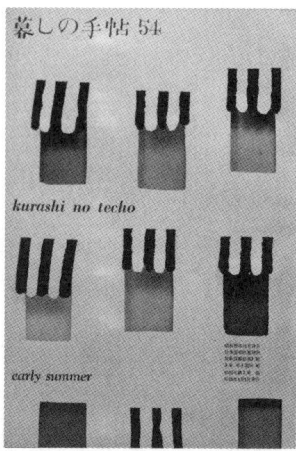

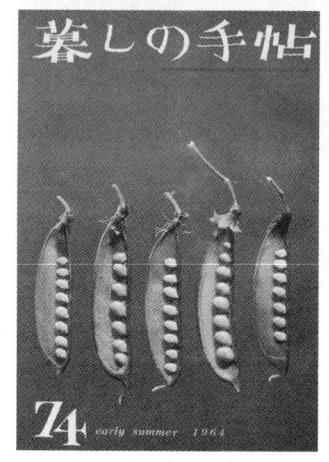

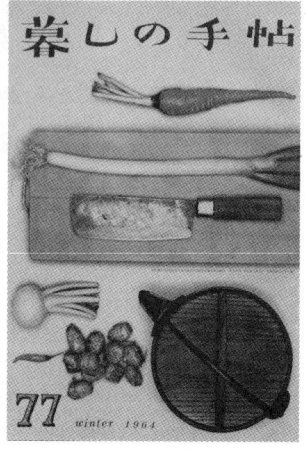

（从左到右、从上到下）分别为《生活手帖》第1世纪1号（创刊号）、54号、74号和77号封面。

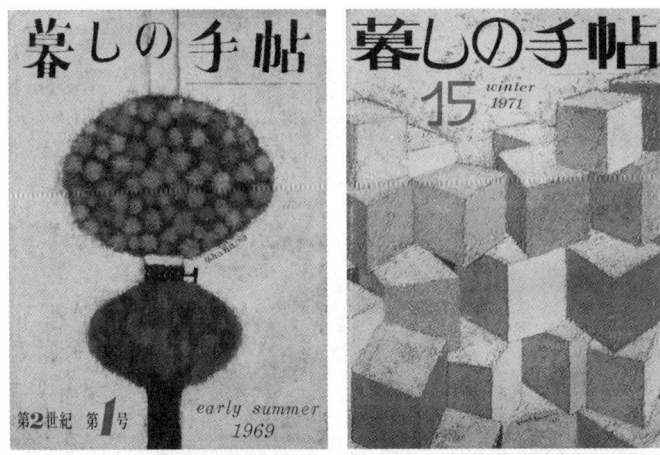

(从左到右、从上到下)分别为《生活手帖》第 2 世纪 1 号、15 号、28 号和 53 号(遗作)封面。

这次的原画展上我还特别留意了一件事，即花森安治的色彩表现。特别是对青色系（包括绿、蓝）的使用，让我很感兴趣。花森先生给自己女儿取的名字，就是"蓝生"。

日本的画家，无论是西洋画还是日本画领域，对青色都有自己的处理方式。甚至可以说，一流的画家在青色的表现上确立了自身独特的画风。

日本画画家如东山魁夷、平山郁夫、加山又造、小仓游龟……无不对青之美有着无与伦比的呈现。西洋画亦如此，不用再一一提名了吧。连梅原龙三郎画裸妇时所表现的强有力的线条，也使用了绿色勾勒。这种色彩表现想必是西方画家达不到的。

花森安治在封面创作中呈现的青色，也非常美。可以说有着触动日本人心灵的魅力。

"颜料也有国别之分。褐色属于意大利。但绿色系，德国最好，比如有着微妙不同的绿色和青色，层次非常丰富。想必是因为德国和日本一样有着茂密的森林吧。"

深爱着青色的师父如是说。

"装钉"也追求一流

在花森安治众多重要工作中,还包括为单行本做装帧设计。

说到书籍装帧,首先会想到青山二郎[1]。青山二郎经手了超过两千册书的装帧设计,除却一小部分似乎很不上心的,大部分的格调都很高雅。哪怕放在今日,都可谓天才之作。

花森先生"装钉"[2]的书籍,数量无法与青山二郎相提并论。包括《生活手帖》的封面在内,还有受俳句诗人中村

---

1 青山二郎（1901—1979）：日本装帧家、美术评论家,同时也是古董收藏和鉴定专家。
2 花森安治对书籍设计有独到的见解,认为"装钉"一词最能抓住书籍设计的灵魂,详见后文。

汀女委托为《风花》杂志所画的封面，以及战后到60年代初受其他出版社委托的作品，这些全部加起来，也不会超过一千册吧。他是每一步都要亲自上手的。利用杂志工作的间隙，我们社一年会出版一到两本书。生活手帖社的出版物，"装钉"也全部出自他之手。

虽然数量不多，但质量和专业的书籍设计师相比并不逊色。若偏袒一点说，完全可以和如今活跃的菊地信义、平野甲贺、田村义也等设计师一较高下。

举例来说，花森先生为其他出版社设计的书籍，如今依然被摆在书店。比如河盛好藏先生的《与人交往之道》（新潮社），其封面一眼便能认出是花森安治幽默的插画风格。封面上一对男女互相看着对方，手握着手。但同时，男人右手握着的手枪对准了女人的胸口；女人则一手举着刀，正对准男人的鼻子。能对着这样的插画展露微笑的，想必是那些忍受过十年以上夫妻生活的成年人吧。河盛先生书中收集了古今名著中的故事和名人轶事，用通俗易懂的方式呈现了人生的哀欢，以及男女之间的微妙张力。

除了《与人交往之道》，花森安治还为河盛先生的《战后二十四孝》《现代恋爱方法》等著作绘制了插图。

> 去年我在《周刊朝日》上连载《现代恋爱方法》时，花森君为我画了插图。花森君很认真地看了我的文章，每次配的插图都直指核心。连载能赢得一些好评，全赖花森君的插图。这一点，直到现在，不止两三个人对我讲过。这也是花森君绝不敷衍的证明，我当然是心怀感激的。
>
> （《穿"女装"的正常人》，《周刊读卖》1956 年 5 月 15 日增刊）

《与人交往之道》初版于 1958 年 10 月，后多次加印，于 1967 年 10 月发行文库本。之后又经过改版，如今已累计五十六次印刷。然而文库本的封面改变了画的位置，每一章花森先生配的插图也被去掉了。也许是某些原因所致，却总觉得失掉原版的设计有些可惜。但距初版三十九年后，还能看到师父的装帧设计活跃在市面上，真是不甚欣喜！

但徒弟再怎么高兴，也有失客观。花森安治的装帧究

河盛好藏《与人交往之道》外封与内封（新潮社，1958年）。

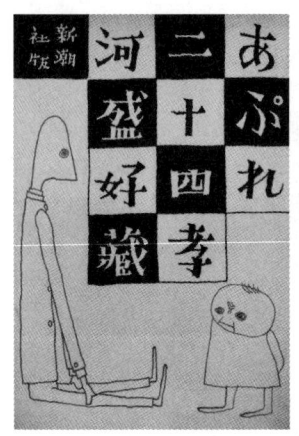

（左）河盛好藏《战后二十四孝》（新潮社，1960年）。（右）山本夏彦《客厅里的正义》（文艺春秋，1967年）。

竟获得了怎样的评价，不妨让我们听听其他人的声音。

比如山口瞳[1]先生，在他景仰的德国文学教授高桥义孝先生出版第一本随笔集时，他曾推荐花森先生。

> 在讨论这本书要在哪里出版时，我极力推荐了生活手帖社。因为我看到他们出版了田宫虎彦先生的《足摺岬》，做得非常漂亮，是花森先生的设计。而当时公众对《生活手帖》的普遍印象还停留在服装杂志上，所以高桥老师有些惊讶。
>
> 如此，高桥义孝老师的第一本随笔集《关于掉落的将棋之驹》是由生活手帖社出版的。这本书目前不在我手边，但记得高桥老师在后记里提到，"山口君着了魔似的跟我推荐生活手帖社"。
>
> （《男性自身》，《周刊新潮》1978年2月16日）

---

[1] 山口瞳（1926—1995）：日本作家，尤以随笔出名，擅长以犀利和富有洞察力的笔锋刻画都市普通人的生活，树立了自身独特的生活美学。

户板康二先生就自己著作的装帧也发表过评论。他从杂志创刊号开始连载的歌舞伎解说，最后集结成《歌舞伎文摘》，以及《来自歌舞伎的邀请》及其续篇。

在封面上，花森先生以蓝小纹和红边勾勒出外框，让人印象深刻，过目不忘。……

如今看这两本书(《来自歌舞伎的邀请》及其续篇)，虽然纸张显得不尽如人意，但在当时是用了最好的纸。两本封面用歌舞伎演员服装的纹样为元素设计，并采用了和纸，记得这些在当时都被认为是一种创新。

后来有不少出版社跟我说想用更贵的新型纸，插入更多彩图来重版这两本书，都被我回绝了。如今读来，年轻时的感伤和抱负虽然不免羞愧，但我回绝，主要是因为这两本书最初就是为生活手帖社所写，我希望我对该社的感恩之情能一以贯之。

(《花森安治的裙子》，

《那些人——昭和人物志》，文艺春秋，1993年)

户板康二《来自歌舞伎的邀请》及其续篇（生活手帖社，1950年、1951年）。

汤木贞一《吉兆之味》函套与内封（生活手帖社，1982年）。

我在职的六年里，花森安治共负责"装钉"了八本单行本。但恰恰是花森先生倾注心血与热情的压轴之作——汤木贞一先生的《吉兆之味》（1982年），由于印刷推迟，他生前没能看到这本书出版，实为遗憾。

花森安治在"装钉"上也吐露过一家之言。他对细节很偏执，我们至今受其影响。比如"装钉"的"钉"字。

翻查日语字典，若算上"钉"，表示书籍设计的共有四种用法。最受欢迎的是"装丁"，然后是"装帧"，其次是最近不太常见的"装订"。字典里把"订"算作正字，但对花森安治来说，必须是"钉"才说得通。

"帧"的本意指挂物，立起挂轴称为帧。书可不是挂轴。"订"表示修正谬误。如果出现书页散乱、颠倒的情况，那"订"字没什么问题。但为书制作合适的封面，搭配扉页，确定合适的开本，这些工作不能简单地用装订概括。制作的人必须用钉子归拢它们。书本就是用语言制成的建筑。所以唯有"装钉"能抓住它的魂。"装丁"则不在讨论范围内，这不是一个视语言、文章为生命的人会用的词。如果

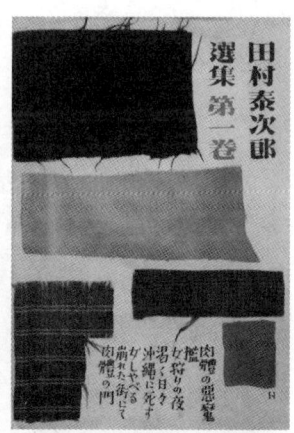

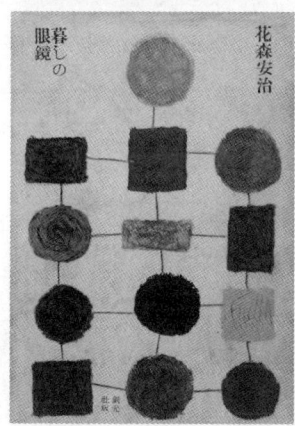

(从左到右、从上到下) 松田道雄《我们该如何面对死亡》(生活手帖社，1971 年)、田村泰次郎《田村泰次郎选集·第一卷》(1948 年)、花森安治《生活的眼镜》(1953 年)、乾信一郎《无人知晓的故事》(1953 年)。

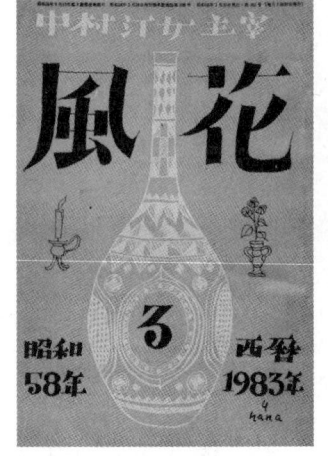

花森安治为杂志《文明》《文艺》《风花》《周刊朝日》设计的封面。

重视书，就不会怠慢"钉"这个字。

这有些狡辩的意味，不过把书比作建筑，这和威廉·莫里斯在《理想之书》中的观点不谋而合。

正是因为对"装钉"这件事如此重视，花森安治经手的为数不多的单行本，在装帧上投注的心血可见一斑。而他可以说是乐在其中。我在职的六年里，包括《吉兆之味》在内，《致优秀的你》（1975年）、《我的浅草》（1976年），都是他"装钉"过的用心之作。每一本的正文，他都配了大量手绘插图。这两本也都上了当时的畅销榜。

《我的浅草》是泽村贞子女士的散文集，最初在《生活手帖》上连载时就颇受好评。出版后，这本书获得了日本散文家俱乐部奖，后又与生活手帖社重新出版的《贝之歌》一同被改编为NHK的晨间剧《阿贞》。

花森安治为《我的浅草》画了一百一十七幅插画，内外封的设计也费尽心思，甚至因为耗费太多时间而影响了杂志的工作，反倒让镇子女士着急恼火了。到底在搞什么花样？一探究竟才恍然大悟，确实是耗工夫和巧思的装帧。内文的

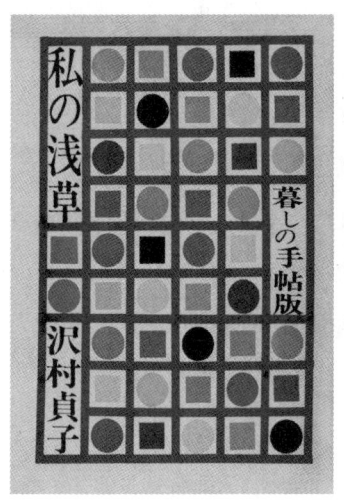

泽村贞子《我的浅草》（生活手帖社，1976 年）与《贝之歌》（生活手帖社，1978 年）。

花森先生钟爱明朝体和手写文字，也体现在他对单行本的"装钉"上。经他之手，文字显得大胆又不失细腻，温柔中带着强韧。虽然都是在《生活手帖》的编辑工作之余完成的，但每一个都花足了心思，不乏创意与巧思，与内容也贴合得恰到好处。

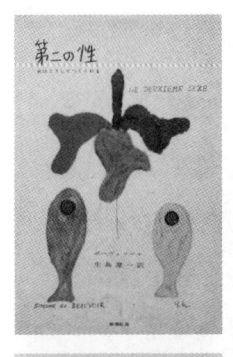

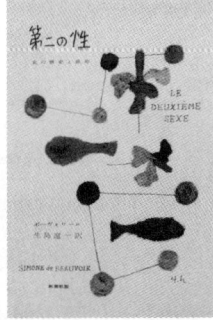

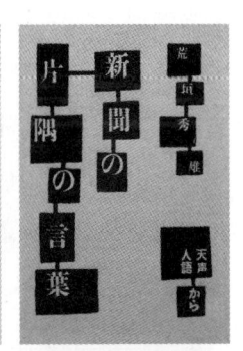

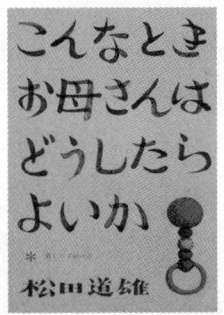

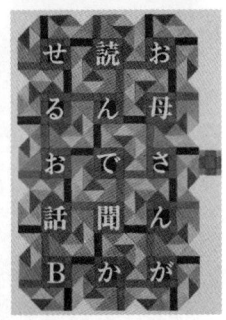

(从左到右、从上到下) 波伏娃《第二性》第一卷及第四卷 (1953—1954年)，荒垣秀雄《报纸角落的语言》(1954年)，牧野义雄《人生如浅梦》(1956年)，松田道雄《母亲该如何应对》(1964年)，富本一枝、藤城清治《母亲读给我听的故事 B》(1972年)。

插画，他将过去每家每户都有的用具一一细致地画了出来。

封面也很出色。红壳格子[1]中安放着书名、作者名及"生活手帖版"三组文字。其余格子则装饰以红、蓝、黄等多种亮色的圆形或方形色块，仲见世商业街[2]的热闹气氛扑面而来，仿佛江户充满人情味的下町景致。

对于花森安治的设计，也有人揶揄洋里洋气，但这么理解未免表面。花森安治在追求新的美感的同时，也不忘思考怎么活化日本传统的审美。比如野上弥生子女士《山庄记》（生活手帖社，1953年）的装帧，就使用了真实的久留米绊[3]残布，非常耐看。

直观感受美的坦诚之心——花森安治不分古今东西，积极汲取美的姿态，在他的"装钉"上昭然若揭。

---

1 红壳格子，由纵横木方（条）组构而成，是装饰于外墙的"防盗网"，刷有含铁丹（主要成分是氧化铁）的油漆，常见于日本传统的民宅和建筑。此处指花森安治模拟的设计。
2 仲见世商业街，位于浅草寺的雷门和正殿之间，是日本最古老的商业街之一。作为浅草寺的参道，自江户时代以来，便是下町平民区最具人气的地方。
3 久留米绊，日本传统藏青色碎纹棉织布，产自福冈县久留米市及周边的旧久留米藩地区。

魔鬼主编也曾是"佛陀"

1995年8月,山口瞳先生去世了。

他在与肺癌缠斗的岁月里,唯独把《周刊新潮》的专栏《男性自身》坚持写了下来。花森安治生前非常爱读,对这些由镰仓大学校[1]"培养"出来的文章,给予了很高的评价。山口先生绝笔前的这些文章后由新潮社出版成册,书名为《江分利满氏的优雅告别》。我在其中一篇题为《苛责》的文章里,无意间读到了山口先生对往事的追述,心头不禁一热:

---

[1] 镰仓大学校,1946年5月在镰仓创办的高等教育私立学校,因培养出一批演艺界的人才而享有盛誉。山口瞳曾在那里就读。

我曾立志成为一名新闻媒体人，是因从年轻时起就很尊重花森安治、池岛信平和扇谷正造，渴望成为他们。

山口瞳先生在《男性自身》专栏上，曾连续两周写了花森安治。花森先生去世一个月后，在1978年2月16日号与23日号上，山口先生以他一贯率直的口吻表达了自己对花森安治的尊敬和景仰。率性的笔触，将人的喜乐与哀愁以更温柔，同时又有几分诙谐的方式表达出来。这无疑来自山口先生的人格魅力和他文字本身的美。

我作为一个编辑，一个杂志从业人员，始终以花森先生为目标。于是《生活手帖》成了我独一无二的参考书。面对一个选题，我的第一反应是思考：如果是花森安治，会怎么料理这份素材？

《生活手帖》的版面非常美。活字、手写字、插画、照片，这些元素的组合很美。留白很美。活字的选择独到。明朝体的力量感跃然纸上，阅读起来很舒服。他们的报道恳切细致，绝不会读不懂。恰到好处，没有一处碍眼。要列举《生活手帖》的优点，根本说不完，每一页都能看到花森先生的心思。这对读者来说当然是一大幸事，但对跟他共事的编辑们而言，我想绝不轻松。

这是莫大的赞美。山口先生说，他"非常想去生活手帖社工作"。但恕我直言，即便是他这样的作家屈就来这里工作，也一定是跟着大家一起吃苦头。他在《江分利满氏的优雅告别》一书中接着写道：

> 我从池岛先生与扇谷先生那儿学到很多，很感激他们。但是，在他们那儿流过的泪，分量相当。

如果在花森先生手下工作，我想他会直率地写下"在他那儿流过的泪，分量成倍"吧。像这样远距离地保持憧憬，置于渴望的位置上，也许反倒更好。读到这里，我不禁感到快乐。在这篇文章中，山口先生记叙了不少对扇谷先生的回忆。

扇谷正造先生是将《周刊朝日》的发行量提升至百万

册的名主编。但他也是出了名的火药桶主编。虽然花森先生也没少对像我这样的部员发火,可是承认自己脾气不好的同时,他不忘补充:"扇谷要是发起火来,可是会骂'你这种家伙不如从屋顶上跳下去死了拉倒吧!'这种话的,足田君(指足田辉一先生,后成为《周刊朝日》和《科学朝日》主编,也是一位博物学家)可没少被他骂哭。我再狠,也骂不出那种话呢。"

扇谷先生与花森先生战前同在东京帝国大学新闻社当编辑,从那时就是好友。"你们可能觉得我是魔鬼,但你们去问问扇谷,过去我可被称为'佛陀花森'呢。"

扇谷先生则说,花森先生是故意强调自己和蔼可亲。我并未亲眼见过扇谷先生呵斥部下,所以不好评价两者在训人上谁更胜一筹,但花森先生绝不好惹。

花森先生训人的模式,有几个特点。

第一个特点是,他一定会当众开火,绝不会私下把人叫去,只对当事人发火。

第二个特点是,他一旦开骂,会连细节小处一起揪住不放,甚至殃及无辜。可以说不择对象,如果不巧在花森先生发火的时候经过他身边，连拖鞋的声音、开关门的轻重等无关紧要的事情都不放过。

第三个特点是，他一旦发火就不工作了，简直可谓老板罢工。

一期杂志的编辑进入最后阶段，责编都要依次把手头的内容给花森先生过目。我已多次强调过，不经过花森先生的眼和手的《生活手帖》是不成立的。为此，前一位责编若干了什么蠢事惹毛了花森先生，那排在后头的编辑就遭殃了，什么也推进不了。在商品测评的时候，获取新的数据一般要花上一两天，这种时候，明明时间紧迫，却不得不推迟。

最后一个，也是最具代表性的特点，是绝不允许反驳。若斗胆反驳，那只会火上浇油。这种时候往往已无关对错，反驳本身就是找骂。所以他一旦开骂，部下只有低头乖乖认错的份。而即便如此，吾等之辈依然免不了被训："唐泽君，别以为低头就能了事，我可不是为了发火而骂人的，是为了让你自己思考，明白吗？"

花森先生这种非同寻常的训斥方式、开火模式，我认为是带着自知之明和坚定信念的。

"有一件事我希望能刻进你们每个人的心底,那就是包括我在内的每个人,都背负着一颗炸弹。这颗炸弹是攻击的武器,但若不小心,也随时有自爆的危险。你们任何人一旦有半点差池,都可能会葬送《生活手帖》积累至今的声誉。"

这是花森先生再三提醒我们的一点,训斥我们打磨文章要像磨刀一样。但文章和言辞有时也如双刃剑,特别是《生活手帖》需要测评厂家辛苦制作的商品,如果测评中有任何错误或者不公正之处,都会使信赖毁于一旦。《生活手帖》的发行量提升,被众多读者拥护且受到业界瞩目,对花森先生来说是编辑的福气。但与此同时,这也加重了他无法原谅错谬的强迫症。

"你们什么时候才能明白我的辛苦?每一期我都费了多少神,希求不要出错,难道你们不知道吗?哪怕编辑流程结束了,只要杂志还未印刷,但凡一个细节不对都叫我睡不好觉。你们会吗?我甚至尿出血过你们知道吗?拜托各位上点心!"怒吼有时听上去更像哀求。尿出血这样的事是我无法想象的,想必其他编辑也未料到花森先生为杂志操劳至此。

除了以上这些特点,花森先生训人还有个值得一提的地方。

虽然不论镇子社长，还是外部印厂的人，花森先生都照骂不误，但仔细观察，还是能发现微妙的"区别"。换言之，某类人更容易被他训斥。

态度诚恳，不犯同样错误的人，容易被他训。但同时，那种屡教不改的人也是他爱训斥的对象。我好像就属于后者，没少踩过地雷。

分享一件事供大家取乐。某次我被花森先生喊去，心里忐忑这次又犯了什么错。跑到师父那儿，被劈头盖脸一顿臭骂，但听了半天，仍然搞不懂师父骂什么。即便如此，我还是乖乖认错，不停地说"明白了，下次注意"。如果一言不发，那他会骂得更凶。就在我内心充满疑虑的时候，编辑部主任大桥芳子女士为我开脱："花森先生，这不是唐泽做的，跟他一点关系也没有。"搞什么呀，果然跟我没关系啊——我抬头瞟了一眼花森先生，注意到有那么一瞬，他犯难了。但花森先生毕竟是花森先生——"我当然知道，我是在警告唐泽君不能犯类似的错误啊"。

这应该看成是佛陀主编的慈悲，对吧？

悬疑小说与落语

《生活手帖》中用来测评的产品最终怎么处理，是读者很关心的一点。

无论什么产品，在测评完的一两年内，都会被作为珍贵的资料保管。但测评每期都会进行，资料不免越积越多，必然要处理掉一部分。读者在意的就是这一部分。那些冰箱洗衣机呀，都去哪儿了？

一旦过了保管期限，对于还能使用的商品，会以低于定价两折的价格，转卖给有兴趣的部员。体积较大的冰箱等，也会作为礼物送给大学的研究室。而那些在严格的耐久性测试中遭受重创的产品就会被丢弃。

另外，并非所有的产品都要处理。测评中成绩最好的产品会一直留在社里保管,在下一次测评中进行比较和评估。

除此之外,它们作为拍摄用的小道具,也扮演了重要角色。比如拍摄熨烫衬衫的画面而需要熨斗时,既然不是测评,那随便找一个熨斗即可——这种想法不可取。如果不使用在测评中胜出的产品,某种程度上是对厂家和读者的失信。比如通用电气的蒸汽熨斗,已经在社里使用了二十多年。虽然拍摄时只是不经意地一摆,但心细的人往往能注意到这些细节的用心。

研究室有专门保管商品的地方,其中一处是新馆的地下一层。高耸的架子逼近天花板,上面堆满了商品。

在地下室入口附近,莫名地摆着一个沉重的木箱,总让我觉得有些碍事。心想不如把它收拾到里面,便去确认箱子里的东西,一瞧发现是书,怪不得沉。全是早川书房出版的悬疑系列,有三百多本,塞得满满当当。为什么会有那么多推理小说……实不相瞒,这些全是花森先生的私人物品,是他家发生火灾之后幸存的物品。

花森先生对推理小说的狂热,我最初是从前辈小榑雅章先生那儿听说的。他给我看了当时杂志中花森先生参与的推理专题。杂志名我已不记得，印象中选题非常有趣。由职业推理小说家写完整的犯罪内容，请推理小说迷来破案，不仅要找出犯人，还要厘清线索。

对读者来说自然是非常享受的内容，但对选来破案的推理迷而言，压力可不小。成功解谜或许能扬名，但若指错了犯人，那是在全国读者面前丢脸的事。花森先生当时就接受了挑战。最终他的推理非常完美，甚至指出了作者情节安排上的漏洞。

得知此事后，我也开始阅读推理小说，诸如阿加莎·克里斯蒂、雷蒙德·钱德勒的作品之类。但世界范围内，推理作品不计其数，其中也分三六九等。到底该怎么区分，读什么样的作品？

于是，我设计了一个"享受推理小说"的策划，想请花森先生与户板康二先生对谈。

户板康二先生是《生活手帖》创刊以来发表连载的执笔者之一。他以歌舞伎为主题写的文章，已由生活手帖社出版了三本。花森先生为同一个作者出版的书达到三本的，也就户板先生一人。最重要的是,户板先生还凭借《团十郎切腹事件》获得过直木奖,写过不少以梨园为背景的中村雅乐侦探系列。两人又是老朋友,想必一定聊得精彩。

不料,花森安治看了策划后一笑了之:"唐泽君,没戏。在推理小说这件事上,户板康二太木讷,我们两个聊不到一块儿,放弃吧。"

说对方"木讷",虽然不是很大气,却也并非毫无根据,只是我不知道而已。户板康二曾写道:

> 我曾两次与花森先生一同出席座谈会。
>
> 第一次是东京创元社的《世界推理小说全集》发行前的宣传,和江户川乱步与花森先生的三人对谈。
>
> 当时听说花森先生要来,我对他阅读推理小说很意外。但仔细一想,他做事说话都会提前布局,再着手,从这一点来看,他无疑是推理小说的忠实读者。
>
> (《花森安治的裙子》,《那些人——昭和人物志》,
> 文艺春秋,1993年)

也许对于花森先生来说，那次座谈会上与户板先生有话不投机之处吧。但若是跟江户川乱步这样的大家比较，对户板先生来说确实不太公平。

总之，我的策划被泼了冷水，但花森先生又给了我出乎意料的提议："我现在最希望对谈的对象是松田道雄[1]。你们了解松田先生的兴趣吗？是爵士乐。他是安妮塔·欧黛（Anita O'Day）的超级粉丝，拥有欧黛的所有唱片。很难把他和欧黛联想到一起吧？他还有个兴趣，就是落语。他可是桂春团治[2]的忠实拥趸。很意外吧？如果要策划对谈，我想跟松田先生一起聊聊春团治。这绝对有意思。"

花森先生喜欢春团治，对其评价很高，是众人皆知的。研究室里每天三点是下午茶时间，除却外出的部员，只要不影响测评工作，大家都会聚集到大型厨房，一起喝茶午休。在这种时候发言的，通常都是花森先生。话题多样，他在心情好的时候会聊的一个话题，就是春团治。那波澜壮阔

1　松田道雄（1908—1998）：日本著名儿科专家，著有《育儿百科》。还是历史学家。
2　桂春团治，京都、大阪地区落语"四大天王"之一。

的落语人生,被花森先生描绘得生动极了。正统的古典落语,以娓娓道来的方式吸引听众,一个梗重复出现,一般能让听众笑三回就行了。而春团治在台上却是包袱连连,每隔三十秒就能引发一阵哄笑。花森先生跟我们绘声绘色地描绘春团治的厉害之处与服务精神,聊得兴起时,原本十五分钟的下午茶不知不觉延长到了半个小时,甚至一个小时之久。

他的演说能力,当代一流。调动听众情绪的能力,堪比德川梦声[1]。在一阵接一阵的哄笑声里,自己想说的内容一点儿也没含糊。

(池岛信平《人物短评:花森安治》,
《日本经济新闻》1954年10月26日)

另外,扇谷正造先生回忆花森先生在东大担任《帝国

---

[1] 德川梦声(1894—1971):日本律师、演说家、作家,也是演员。日本演艺圈多栖艺人的鼻祖式人物。

大学新闻》记者时，曾如此写道：

> 他常说想加入吉本兴行部，写漫才的剧本。如果他去了吉本，或许会和秋田实齐名，成为独具个性的漫才作者。他要是登上舞台，就有那番胆量。而他处理节奏的方式，无疑可以媲美横山圆立、花菱阿茶古这样的顶级漫才师。
>
> （《夕阳的写字人》，骚人社，1989年）

在电视出现之前，NHK电台每周播放一个名叫《旁观者清》的节目，是当时《文艺春秋》主编池岛信平、《周刊朝日》主编扇谷正造，以及花森安治三人的座谈。内容虽然属于社会时评，但三人的对话通俗幽默，人气很高。研究法国文学的河盛好藏先生有言："每次都听得津津有味，欲罢不能。后来少了这三人的《旁观者清》，坦白说，显得了然无味。"山口瞳先生也写道："从未有一个节目让我如此热衷，太有意思了。点评一针见血，彰显着历练过的人生与阅历丰富的思想。……没有一档节目能如此完美地发挥当今媒体人的智慧。"

1952年、1953年那会儿，我还未上小学，未能有幸收听这档节目。但毫无疑问，无论是池岛先生还是扇谷先生，都极富个人魅力，也有一流的演说能力。他俩的演讲有铅字记载，水平高超。连这样的高手也对花森先生赞不绝口，花森先生的口才可见一斑。

就我所见，花森先生非常幽默。他评价桂春团治是空前绝后的落语家，还在部员面前模仿后者的段子，免费给大家表演落语，充分彰显了魔鬼主编作为表演艺术家的才能。让大家笑完之后，他的总结也非常到位："编辑，必须像表演家一样。只会一种才艺的表演者是不专业的，要能根据客人的要求，自在地运用各种才艺。编辑也应当如此。既要能写出内容深刻的文章，也要掌握如漫谈般轻盈的写作技巧。这样的才能是必须具备的。"

列举称职、专业的艺术家时，花森先生提到了长谷川海太郎[1]。此人拥有三个笔名——谷让次、牧逸马、林不忘，

---

[1] 长谷川海太郎（1900—1935）：小说家。曾赴美国留学，归国后以"谷让次"之名创作美国见闻录，以"林不忘"之名创作剑侠小说，以"牧逸马"之名创作犯罪纪实小说。

悬疑小说与落语

文章风格多变。花森先生让我们学习他以"谷让次"之名写的文章，学习其中的轻盈感。

扯远了，回到花森先生渴望对谈的对象松田道雄身上。两人的关系一向很好。花森先生去松田先生家拜访后，当夜在京都的酒店突发心肌梗死而病倒，之后两人的关系更深了。

当时，花森先生的病情严重到无法动弹，必须保持绝对安静，因而无法移送入院。那段时间，每天在酒店和医院间往返，安排就诊的正是松田先生。如果没有松田先生的无私关怀，花森先生甚至可能就此一病不起，说他是花森先生的救命恩人也不为过。

花森先生卧病于酒店的那段时间，对两人来说，想必都度过了一段从未有过的充实人生。聊爵士，聊落语，聊人生，聊社会，聊历史，聊国家，聊政治，聊思想，聊哲学……两人博闻强识、眼光锐利、水平相当，交流的话题一定是是无止境的。

花森先生低沉沙哑的声音与松田先生高昂的嗓音虽形成对比，但对何为自由、何为民主的理性追问，却显示出根本的一致。

然而遗憾的是，花森先生生前未能实现与松田先生的第二次对谈。花森先生过世后，我偶然阅读了富士正晴写的《桂春团治》的文库本。后来每次翻看，总会怀念起花森先生的身影，以及松田先生与《生活手帖》不无感伤的分别。

在花森先生第二次发病并去世的那年——1978年，持续连载了十几年的松田道雄先生的随笔，毫无征兆地从10月发行的《生活手帖》第2世纪56号上消失了。

我并不清楚内情，松田先生后于报纸专栏中写道："我与常年合作的出版社诀别了。"语气中透出内心的沉痛。

松田先生在其代表作《育儿百科》（岩波书店）中，以简明达意的文章和高远的见识，表达出对母亲和代表未来的孩子们的深情爱意，深受全国父母的信赖。

松田先生结束在《生活手帖》上的专栏后，曾在《每日新闻》报上连载的《中场休息》（1978年9月26日刊）中写道：

已过世的花森先生,在他生活于大阪时留下的随笔集里,写过作为精神卫生之道,在心中练习呐喊"那算什么呀"的故事。

……

记得花森先生写到,大阪人不媚虚名,享受日常生活带来的愉悦。"那算什么呀"是对出名、对功成名就的一种抵触,也是对日常的自豪。这正是流淌于关西地区普通百姓性格里的精神。

花森安治的《生活手帖》里,也有着"那算什么呀"的底蕴。

挑战"月代头混蛋"

价格便宜，味道水准又统一的，是巴西的咖啡。连巴西都不知道，一味推崇蓝山的，这是多虚荣呢？

花森先生平时对研究室的速溶咖啡从未有微词，我以为他不在乎口味，未料对咖啡，他也有自己的一番见解。从进口量上来看，花森先生认为借蓝山之名的咖啡未免太多了。

如果我有钱，也有一位支持我的太太，倒是很想借醉酒之兴，玩一个游戏。

这游戏需要用到两种葡萄酒。一种是著名的罗曼尼·康帝，至于另一种，三得利或者麒麟，只要是最便宜的那种就行。然后秘密地将两种葡萄酒的瓶装调换，请别人试饮。假设有十个人品尝，那究竟有多少人能注意到酒被调包了？

一边是一瓶数十万日元的名酒，一边是不到五百日元的酒，想必不会所有人都注意到吧。一定有人会被外表和标签迷惑。

如果小猫小狗被五十多度的热水溅身，一定会往死里逃，只有人会作为修行去忍耐。所谓感觉，是意识中最直截了当的反应，但也正因为过于直接，人反而容易受魅惑。奥姆真理教事件从某种意义上证明了人的感觉可能变成危害。只要"教主"指示，五百日元的葡萄酒就可以是罗曼尼·康帝。"皇帝的新装"并不罕见。我们的心里，可能也潜藏着这种性质的东西。

花森安治把这称为"月代头混蛋"[1]。若想要全面认识花森安治的工作，这是一个不可忽略的关键词。花森安治在

---

[1] 月代头混蛋（丁髷の野郎）：月代头是日本江户时期流行的男士发型，做法是将头顶中前部的头发剃掉，其余的头发结成弯曲的发髻（髷），固定在头顶，从正面看呈"丁"字。明治维新后，为"文明开化"，日本逐渐禁止结发，但仍有人继续留月代头。花森安治在诗中，用"月代头混蛋"批判人们不愿改变原有生活方式，因循守旧、随波逐流、消极避世、明哲保身的观念。（编注）

战后，始终与自己和他人内心潜藏的月代头混蛋做斗争。
特别是对自己心里住着的月代头混蛋，他非常警惕。

> 下笔钝重，是那月代头混蛋在作祟
>
> 那混蛋，就住在我心里
>
> ……
>
> 老父老母
>
> 爷爷奶奶
>
> 曾祖父曾祖母，
>
> 以及高祖父高祖母
>
> 他说，你们先祖先辈都是贫贱百姓
>
> 他说，你们只配工匠的身份
>
> 他说，女人们给我闭嘴
>
> 他说，你们跟臭虫没什么两样
>
> 他说，你们只值一分五厘
>
> 如此苟活
>
> ……
>
> 先祖先辈，大家

这都是心里住着的月代头混蛋的勾当

并非在找借口

很可能

新的幻觉时代，已经开始

（《瞧吧！我们一分五厘的旗》，1970年第2世纪8号）

这篇文章对理解花森安治口中的"月代头混蛋"很重要。

日本人"明哲保身"的消极心态究竟是怎么形成的，我无力详细论述其过程和是非，但有一点可以肯定，"战败没有改变这种消极心态"，甚至反而增强了。我们此刻正处于花森安治所说的"新的幻觉时代"中，而越是思考我们该做些什么，越发感到"自己"这一概念的暧昧性。这种不舒服的感受，想必是很多人都有的。

这样的话题叫人心情沉重。不如给大家介绍一下花森先生不为人知的另一面吧，当然是跟月代头混蛋有关的。让人有些意外的是，花森先生竟不会骑自行车。

花森先生患有心肌梗死，医生建议适当做一些运动作为康复训练，并适当减肥。其中，骑车就是一项比步行更好的有氧运动。

既然自行车不行，花森先生想了一个替代方案：三轮车。当时日本没有成人的三轮车，花森先生的三轮车是请厂家定做的。他最初骑着三轮车来上班时，大家都吃了一惊。如今三轮车并不鲜见，当时却有不可思议之感。那是当时当地唯一的一台三轮车。他在路上骑着这辆车时，回头率很高。

花森先生入手这辆既环保又安全的爱车，很是愉悦。很快给我安排任务："替我跑一趟书店，帮我买一张东京街区的地图吧，要尽量详细、好懂的。不要一摊开特别大的那种，最好是方便携带，在哪里都能随时翻开看的。"

我跑到麻布十番的书店，挑了两种看上去符合他要求的。对编辑而言，地图也是必需品。我原准备把花森先生挑剩下的留给自己用，不料他很开心地把两种地图都收下了，像个第一次得到地图的孩子一样。

花森先生买地图的目的，在第二周不言自明。自那之后，每个周日，他便骑车环游市内。只要天气好，他就会带上相机和8毫米的胶片机，把各处的著名庭院、游乐场都逛一遍，事后还会跟我们分享兜风的经历。

比如哪个游乐场里饭店的咖喱好吃，又比如哪家庭院附近吃饭的地方少，而且都很难吃，等等，连饭店的信息都很生动。他跟我们分享的一个经历，堪称经典，引发现场的哄堂大笑。

花森先生的爱车有三个轮子，造型比一般的自行车更宽，两个后轮的间距大约有60厘米。若骑在人行道上，不仅会影响到其他行人，骑车的人也不舒服。于是他改在车道上骑，结果被交警拦下来：

"喂，那边骑三轮车的那位，这里是车道，不能在这儿骑，到步道上去，步道。"（注：根据法规，现在以车道上骑行为准则。）

"这是三轮车，步道上骑岂不是干扰行人？又不是自行车，在车道上没关系吧？"

"不行不行。规定没有发动机的车不能上车道。"

"为什么？"

"什么为什么，交通法就是这么规定的。"

这样的对话据说发生过不止一次。于是他想了一个能顺利通过交警、不被问话的策略："骑过交警岗亭的时候，不是会被注意到吗？如果恰巧对上眼了，就跟对方挥手致意：'辛苦了。'结果你们猜对方怎么做？急忙立正跟你敬礼呢。一定是把我当成领导了。"

留长发的花森先生，竟也会被交警误认成领导。想必也是交警骨子里"月代头混蛋"和明哲保身的消极心理在作祟。

日本的马路，不是以行人优先，而是以车辆为先，而且是轿车。能让坐轮椅的人安心又轻松行进的步道，究竟在哪儿？被护栏围着的狭窄空间里，夹杂着电线杆、交通标识，还有邮筒，且路面台阶多，侧沟为了雨水流通而倾斜。另外，还有步道桥。别说轮椅了，老年人行走都非常困难。从大路一拐进胡同竟然就是步道……而这样的步道，为何要画一根白线？

可以说，那根白线就是"月代头混蛋"的作为，也象征了日本人明哲保身的心态。花森安治如此写道：

在有限的道路上，无限制地涌入轿车，人就被挤进角落，最终无路可走。

如此人尽皆知的道理，不知为何，政府、任何一个政党、大企业、组织，却都装作毫不知情。为什么？……

别说什么"行人优先"这样假惺惺的睁眼瞎话了。

(《供人行走的道路已经不见了吗?》，1976年第2世纪40号)

眼高手低

每周一的早晨，编辑部所有成员都会聚集到大型厨房，向花森先生报告工作进度，提出工作中的问题，听取他的想法和判断。但事实上，大部分时候是花森先生的个人演讲秀。跟编辑例会一样，基本不存在商讨。可能有人觉得那是浪费时间，不过，弟子们汇聚一堂聆听师父的发言，对自省和明确自身意趣，也是有意义的。

每周第一天一大早的这场个人演讲，不发火倒也挺好，但每个月一定会有一次，他跟假牙错位似的，要发一场火（师父简直满口都是假牙）。不知是不是要给过完慵懒周末的我们振作士气，当时的表情、话语至今有不少印象深刻的。如此想来，发火也并非毫无价值。

其中一句印象深刻的话，和"眼高手低"有关。花森先生对这个成语的解释很独到：

> 越是把理想、高尚挂在嘴边的人，越是缺乏执行力。知识分子、学者、评论家，大都如此。他们绝不脏了自己的手，净说一些风凉话，而且个个事后诸葛亮。有什么用？没用的话，听过就忘很正常，甚至连本人也不记得自己讲了什么。说完就结束了。
>
> 为什么会这样，你们想一想。因为他们周围都是只用脑子思考的人，不想用自己的双手触碰现实，流汗去思考。他们的手永远在桌上，不舍得触摸大地，带着满身泥泞去思考。他们的手没拿过比筷子更重的东西。这样的人怎么可能理解贴着大地生活的普通人？
>
> 这样的人眼里什么也看不见。别说十年后了，一年后会变成什么样，没人猜得准。说什么明天怎样怎样，很可疑。我们绝对不要学这些人。哪怕姿势难看，哪怕被嘲笑，也永远要把手按实在地上，用自己的手丈量现实。把手放低，现实自然会清晰。不管是明天，一年后，还是十

年后的事，都会慢慢明了。把手放低，自然能看到远处，眼光也就高远。这句话应该倒过来说：手低眼高。

我们的工作不在桌上，如果我们的手离不开办公桌，那就和纸上谈兵无异。

的确，生活手帖社的工作，也印证了花森先生的这番话。早上九点前进社里，大家要干的第一件事就是用布巾擦房间。这个工作不分新人老人，也无男女之别，部员们都拿着抹布。桌面、橱柜表面自不用说，从窗槽、门、沙发、楼梯扶手到大型厨房的地板，都要擦拭。除此之外，还有分配的值日工作。

在工作中，最能感受到双手的巨大意义的是商品测评。《生活手帖》的商品测评，是通过人的手实现的测评。

我们虽然是外行，但从消费者的立场对商品测评、发表意见，至少有了和厂家平等的基础。以此立意为核心，借鉴JIS（日本工业标准）的方式，我们建立了自己的测评方法。经过长期的实践，我们甚至能发现JIS的问题。亲身使用过，比机器检查更能得出准确的结论。但也不是让测评者任意操作，而是尽可能接近机器的均衡状态。这其实非常困难。但我们带着热情，感受着所做之事的价值。

只是，以人工的方式重复地测试，对费用和时间都是巨大的消耗。

(《民主主义与味噌汤》，《中央公论》1965 年 9 月)

商品测评的一个重点，是使用的便利度。通过耐久性的测试，能明了哪家的产品更好用，哪家则不然。耐久性测试又称为 running test。

举个例子，假设需要测评双筒洗衣机，一般选择六个厂家的同一种机型，以各机型所能清洗的衣物量的八成为基准，选相同的布进行测试。从清洗到脱水为一个完整的过程，重复进行五百次。六台机器的话，一共是三千次。一台机器洗一次大约要三十分钟，如此计算，从早上到晚上九十点钟，都是不间断的测评时间。

当然，这项测评还涉及相关工作人员，因为各台洗衣机的高低不同，洗槽的深浅也不一，对高个的人来说更方便的机型，对矮小的人则正相反。

总之，从早到晚不间断地面对洗衣机，才能收获很多信息。比如这台开关的操作困难；这台脱水时间到了，水槽却还在转，很危险；洗涤中的震动声很吵；排水的时间过长……如此六个厂家的产品在相同的条件下运转，高下一目了然。你甚至会思考，制造者有没有试过自家设计的产品，有没有研究过竞争对手的产品，等等。

花森安治口中的"眼高手低"，正是体现在这些细节里。即便是博士级的技术人士，如果只会用脑子思考，手从未离开过书桌，抑或只以JIS的检测标准来设计，不去思考实际操作中会发生的各种情况，那样做出来的商品没什么意义，只有广告的价值。

花森先生过世后，音频领域的某个知名制造商的会长曾来我们的研究室。我对他当时留下的自信满满的一番话记忆犹新："当发售新产品的时候，其实对我们厂家来说，已经谈不上新鲜了。因为工厂已经开始投入下一款产品的研发和制造。也可以说，品牌间所竞争的，是能以多快的速度更新产品——竞争对手不是其他品牌的产品，而是自己的。目标是将新品尽早售空，不留库存，然后再推出新品。消费者对'新品'是没有抵抗力的。"

他的意思是，不管你们在商品测评上怎么努力，都不会对消费者有什么帮助。

如今，各家产品的质量都提高了，差距也越来越小。不少人觉得这是一个廉价为王、随买随扔的时代。但这究竟是谁决定的呢？这样的想法究竟是不是来自人们自身的生活？

藏蓝贝雷帽与白夹克

可能外人不容易想象，花森安治虽然相貌魁伟，却非常时尚。

在一篇作者不详的匿名文章中，曾有一段很形象的描述：

> 与这位《生活手帖》的主宰者，同时又是近来活跃的服装研究家初次见面的人，都会大吃一惊："这位竟然就是……"怎么看，他既不是美男子，也不像精英。但他确实就是让"首饰"一词流行起来的男人——花森安治。
>
> （《脸》,《周刊朝日》1950 年 1 月 29 日）

花森先生的时尚既奢侈又非常洗练。他在这方面花的钱可不少，却毫不张扬。可以说，他特意展现了一种带有质朴感的时尚。著名的"裙子传说"，就为其时尚增加了不少戏剧效果。当时有传言称，有人曾目睹花森先生穿裙子。但这就和传言吉田健一[1]曾在银座游手好闲度日一样，并无任何实证。倒是那篇作者不详的匿名文章更接近事实：

> 花森安治生于神户。他的设计往往乍一看唐突，实则很实用；乍一看很时髦，其实很生活；乍一看很新潮洋气，其实古朴浪漫。因而让人觉得他很聪明。

我在花森先生身边观察了六年他的穿着打扮。虽然根据季节，着装会变，但平时他给人的印象，像只有一套衣服似的，几乎不变。如果很难得地换一套新装，会发现那天的花森先生莫名地有些害羞，可见他对自己的服装有多在意。当然，他一次也未穿过裙子。

---

[1] 吉田健一（1912—1977）：日本文艺评论家、翻译家、小说家。父亲是吉田茂，母亲是内阁大臣牧野伸显的女儿。

花森安治的一大标配，是白夹克。具体来说，是玛格丽格（McGREGOR）的混纺夹克，取了其中设计最简洁、价格也最便宜的款式。这件外套他不分四季，常年穿，以至于外界有"花森安治最讨厌正装"的传言。其实那只是为了方便工作罢了，毕竟设计版面，画封面、插图等，都不适合穿正装打领带。

白是洁净的颜色，我想他从厨师的着装上得到了启发。总是洗得干干净净的白夹克，想必和手艺人的精气神相通。白色也可看作是生活手帖研究室的代表色。商品测评不受意识形态左右，不戴有色眼镜——白色象征了这样的姿态。

衬衣是印有企鹅商标的万星威（Munsingwear）棉质Polo衫，依然以白色为主，偶尔换藏蓝色的。到冬天，他穿白色的概率小了很多，转而以深红和藏蓝的羊毛衫为主，也有身着浅驼色高领毛衣出现的时候。六年里只有那么几次，花森先生会以明媚的绿色或鲜亮的橙色Polo衫现身。

冬天之外，他常穿灰白色混纺的西裤，如今又称卡其裤。至于冬天，我入社时曾见他穿灯芯绒的裤子，但没过多久就都改成浅茶色或灰色的羊毛裤了。袜子一般是灰色，穿

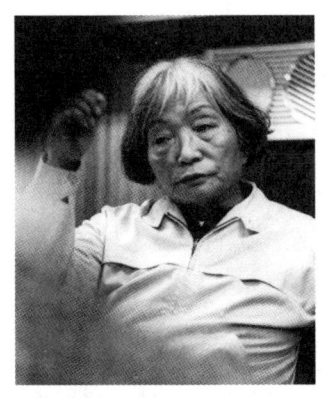

白夹克是标配。着装打扮之外，举手投足间也流露出十足的男性魅力。

在高岛屋特设会场，花森安治被撞见一身妇人装扮（摄影年份不明）。

茶色裤装时则会搭配茶色系的袜子。

基本上，一年里裤子的材质会根据季节不同而变化，但颜色和裤型几乎都相同。不用说，折线也清晰利落。

回归正题，花森安治的服装，究竟哪里体现了时尚，钱又花在哪些地方了呢？最初我也不明所以，误以为他总是一套白夹克，很省事省钱，其实并非如此。

那套玛格丽格的白夹克，一直伴随花森安治，直到他过世那一天。事实上，这个款式在他离世的四年前就已经停产了。而穿在花森安治身上却始终像新的一样，从未走形。裤子也是如此。可见同一款式他买了不止一件，应该有不下十件。这是英国贵族式的潇洒与时尚，与一般由品牌推动的潮流有别。

花森安治的时尚非常细腻，特别是鞋子。六年里一直是低跟不系带的麂皮皮鞋，款式从未变过。颜色大体上不是驼色就是浅灰色。只有很偶然的几次，我见他穿过亮茶色和焦茶色混合的系带皮鞋。

花森先生个子不高，但他肩膀宽厚，体格壮实。与之不协调的是，他的脚很小巧。略宽的鞋型看上去也有几分秀气。鞋很轻，材质也很柔软，我曾试图寻找同款，却没找到。后来才知道，那是银座一家著名的鞋店才有的款式。常年观察就能明白，相同颜色和型号的鞋，他也买了好几双换着穿。

"平时不注意的一些小细节，往往藏着重要的意义。"这句话花森安治常挂在嘴边。所谓"照顾脚下"[1]，的确很重要。花森先生的鞋子乍一看不起眼，其实很考究。

花森安治的时尚，还有一个细节值得一提：贝雷帽。夏天，他也会戴有帽檐的棉质帽子，但他最爱的无疑是英国袋鼠牌的贝雷帽。偶尔见过他戴黑色和焦茶色的贝雷帽，但出现最多的是藏蓝色的，和他的斑斑白发很衬。

袋鼠牌的贝雷帽有多种不同的尺寸。花森先生的额头宽，又是长发，他戴的也是尺寸最大的一款。虽是名牌，但在二十年前并不贵，是我也能入手的价格，于是模仿师父也去买了一顶。结果完全不搭调。

模仿不了的除了帽子，还有方巾和风衣。花森先生在

---

[1] 照顾脚下，禅语。"脚下"指自己的脚下，表示认清自身。

冬天不裹围巾，但会用方巾代替。我模仿不了的并非他的装扮，而是他选择的品牌。Polo衫和夹克属于我能入手的，但风衣和方巾，则超过了我的承受能力。他的风衣是英国的博柏利的，方巾则是爱马仕的，都是奢侈品牌。但事后细想，比起追逐潮流，不断跟风，花森安治的专一反而是更经济的方式。

由此也能看出花森安治的时尚哲学。博柏利的风衣自然是一流品。在《生活手帖》的商品测评中，其出色的防水性能也得到了证明。好东西的使用寿命也更长。比起购买时的价格，性价比才是关键。

有人宣称如今消费廉价品，随买随扔的时代已经到来，商品测试已失去意义。我对此存有疑问。当然，泡沫经济给每个人的生活都带来了幻想，这样的声音并不奇怪。但我希望他们能倡导人们珍惜物品，学会善用。珍爱、善待物品，这是只有成年人才能做到的事情。

政治家啊

有些东西，正极速地从你心里消失，你是否知道？

那是"公仆意识"……

紧盯着自身的利益和名声，

那些和你生活在同一片土地的

人的辛劳，则被你轻易践踏……

企业家啊

有些东西，正极速地从你心里消失，你是否知道？

那是"自豪感"

是对自己双手做出来的东西，

自身的思考所得的自豪……

我们这些人啊

渺小，轻浮，像虫一样微不足道的我们啊……

我们这些人，一不留神

真如口中宣称的那样

随买随扔

我们以为，扔掉的是物品

这有多危险，被我们扔掉的

我们企图丢弃的

其实是内心的情感

（《诸位，请惜物》，1972年第2世纪16号）

对了，有件事差点忘了提。花森安治的长发，大约每四个月会去银座的理发店剪一次。他与那家理发店有三十多年的交情了。如此来看，在发型的选择方面，他也贯彻了专一态度，实在是不简单。

不知战争的孩子们

人们评论花森安治的时候,一定会提到他曾在大政翼赞会宣传部供职的经历。翼赞会宣传部是提高国民战争意识的宣传工具。这意味着花森安治曾工作于助推战争的第一线。翻此"旧账"的人,大部分是企图批判他曾经的立场和战败后完全转向,认为他发表反战言论的行为属于"见风使舵"。

花森安治身上总缠着一种风评,认为他当时能统领整个大政翼赞会,握着大权。但细想就能明白,当时的态势和社会背景下,一个三十出头的青年,怎有机会胜任要职?这种批评声音,反映了日本人一贯给人扣帽子的方式。

对翼赞会宣传部时期的花森安治有客观描述的,我认为是杉森久英先生的文章《花森安治的青春和战争》(《中央公论》1978年6月)。杉森先生也毕业于东大，曾在翼赞会其他部门供职过，是花森安治的后辈。杉森先生在文中指出，战争时期著名的标语"奢侈是敌人！"并非出自花森安治之手，而"攻击那面旗"的确是花森安治的作品。（事实上，《攻击那面旗》是1944年由大河内传次郎主演的电影，其原型来自1942年由设计师山名文夫制作的海报文案"拜托，队长，请射击那面旗！"另外，山川浩二先生1987年出版的著作《昭和广告60年史》中已明确，"奢侈是敌人！"在翼赞会设立之前就已出现。）

杉森先生接着写道：

> 这些文案很容易被用来攻击花森安治，说他是支持战争的积极分子。而花森安治从不回嘴为自己辩解，甚至有时还会写一些带有自我批判性的文章。但要说他发自内心悔悟，似乎有些可笑。抨击他为战争责任者就更可笑了。平心而论，他身为宣传部的一员，专注于创作出值得称道的海报，为此倾注着自身技艺、品位和精魂，这并没有

什么错……

把这样的花森安治评价为"彻底的手艺人"的,是平凡出版社的会长岩堀喜之助。……

岩堀喜之助曾如此评价:"他(花森安治)是彻底的手艺人。即便无法从思想性上评说,他对分配的工作有着超越常人的专注和执行力。"可谓一语道破了花森这个男人的本质。

花森安治在战后创立的《生活手帖》,自始至终挥举着反战的旗帜,为杂志打下了民主主义理想的根基。杉森先生在文章中认为"要说他发自内心悔悟,似乎有些可笑"。或许是如此,但不能否认,战争的沉重无可回避,也始终牵绊着花森安治。没有体验过战争的我,不可能完全理解这种沉重。我父亲和花森先生同岁。当过兵的他尽管生还,胸口遭枪击留下的伤口伴随了他一生;他又在战后局势混乱和物资贫乏的逆境中把我抚养长大。我父亲从未在我面前提过战争的体验。

和花森安治一起共事的六年间，坦白说，我一直很好奇他怎么看待自己在翼赞会宣传部供职的那段经历。尽管知道这是猎奇心理作祟，还是忍不住猜想会不会从花森先生口中直接听到他的"悔恨"或"悔悟"。然而，即便每天身处一室，仍然没能从他嘴里听到关于那段经历的只言片语，自然也没有主动问过。

但有一点无疑，编辑部里的花森先生有着公开场合中不曾展露的一面。虽然没能听到他评论那段经历，但对自身的战争体验，他却展现出和我父亲完全不同的一面。

花森先生并非以军官身份，而是作为士兵被征召入伍，被派送到战场。当时的体验，花森先生曾在研究室的下午茶时间对我们讲过，1965年《生活手帖》第1世纪79号的文章中也有所记载：

> 我于昭和十二年作为现役兵入伍，被编入重机关枪中队……
>
> 我常常想，死之前若能再回那个地方去看一看就好了……最想回去看的是机关枪中队兵舍所在的地方。在那

不知战争的孩子们

战争对花森安治来说，是一次人生挫折，也改变了他对生活的看法。鹤见俊辅先生评价："花森安治战后三十年里始终守护初心的姿态，让人看到了一个战后思想家该有的面貌。"

《生活手帖特辑·战争中的生活记录》，1968年第1世纪96号。

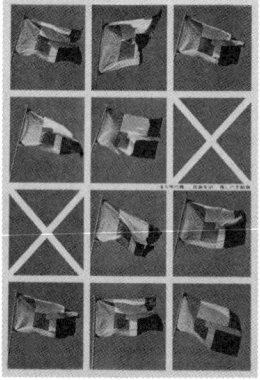

花森安治自传《一分五厘的旗》函套与内封（生活手帖社，1971年）。

里，我的青春曾被狠狠践踏。我想再一次站到那片土地上。

1971年，花森先生在和松田道雄先生的对谈《医生、军队、战争与保险》（第2世纪14号）中，批评了火野苇平[1]的文学。他批评火野苇平的《麦与士兵》本质上是站在军官的立场写的，而非士兵。军官与士兵的身份有云泥之差。花森先生虽然毕业于东大，但由于他上学期间一次也未出席过军事训练，被剥夺了干部候选人的资格，只能以士兵的身份征召入伍。

他曾写到，在战场上，士兵还不如一匹军用马，总能用一张"一分五厘"的明信片轻易招到替补。花森先生把自己作为一文不值的小兵的愤怨写进了《一分五厘的旗》一书中。

不过在研究室的下午茶时间，他很少提这些辛酸往事，反而会跟我们聊一些温馨的回忆，诸如经常为不识字的同僚代笔，给故乡的双亲和妻子去信，结果被大家当成宝；

1　火野苇平（1907—1960）：日本小说家、军旅作家。

在队伍里和生活环境截然不同但志趣相投的同僚成为朋友，等等。

在提到哪部反映战争的电影最接近真实情况时，花森先生推举的竟是《军中黑道》（1965年），让人很意外。这部作品根据有马赖义的小说《贵三郎一代》改编，由胜新太郎与田村高广联合主演。电影描述了他俩智取恶人军官的经过。胜新饰演的新兵，入伍前是一个黑道组织的成员，他把角色的侠气与单纯演得惟妙惟肖。田村高广饰演负责看护胜新的老兵，他凭借公正和宽容赢得了胜新的尊敬。同为士兵的花森先生，是否也曾在军队中扮演了田村的角色？

花森先生还讲述过一件与战争相关的经历。与其说讲述，不如说是为我们这些男士敲响"警钟"，那就是慰安妇问题。

战场就是一个蹂躏人心的地方，不是一般人的神经能承受的。一堆血气方刚的男人聚集在这里，试想慰安妇来了，会是什么局面？很多男人会围上去。但有一点希

望你们知道——

哪怕明天就赴死，也决不去碰慰安妇，这样的男子汉是存在的。真正的男子汉在任何时候都会捍卫人的尊严，希望你们牢记这一点。

这段话他曾一再重复，像是对我们的道德教育。在男女关系问题上，花森安治是有洁癖的。生活手帖社的员工以女性居多，因此男同胞们都特别小心，轻率的身体触碰、搭肩，都是不被允许的。

针对战争，还有一件让花森先生在我们面前发火的事。

"那首歌《不知战争的孩子们》，算怎么回事？生于战后，就可以对战争无知了吗？别唱这么愚蠢的歌。对战争越无知的人，越有必要知道其可憎、愚劣。每个人都有权利和义务了解战争，不然为何反战？如何反战？"

《不知战争的孩子们》是北山修作词、杉田二郎作曲的民谣，是属于我们团块世代[1]的人的记忆。花森先生对这首

1　团块世代，专指日本在1947年至1949年间出生的一代人。（编注）

歌尤为反感。

撇开这些，在我的书架上，有一本《生活手帖》的旧刊，是1968年8月发行的第1世纪96号《生活手帖特辑·战争中的生活记录》。那是我母亲买的，当时我还是个学生。在这一期的第53页上，登了这样一篇文章：

这是关于战争中的生活的记录。

这场战争始于1941年（昭和十六年）12月8日，终于1945年（昭和二十年）8月15日。

这是一段无法用语言描述的生活。在这些无法描述的日日夜夜里，人们承受着体力与精神的双重极限，好不容易才撑过去。……

这样的记忆如一片灰烬，被深埋、尘封于人们心底，不留痕迹。所谓战争的记录，总是如此。……

这里有为数不多仅存的一些记录。……

然而不管你怎么想，这就是战争的真相。为了让你看清它，我们要让这微薄的一册留下来。

若有可能，希望你也能为了你的下一代，甚至再下一代的人，将这一册传下去，哪怕最终书页零落斑驳。这是一个经历过战争并幸存下来的人的恳切愿望。

编辑部

这本《战争中的生活记录》在当时引起了很大的反响和很多人的共鸣。甚至在这一期发行后，民间举办了"东京大空袭记录会"，并出版了记录文集。

《战争中的生活记录》后来作为精装书出版（《战争中的生活记录》，生活手帖社，1969年），和花森安治所著的《一分五厘的旗》一样流通于市，至今都能买到。

我把这两本书都郑重地传给了自己的两个儿子。

奈部先生的眼泪

现在，我正用电子打字机写下这篇文章。

花森安治的编辑时代和如今最大的区别，就在于那时电子打字机并未普及。虽然花森先生过世还不到二十年，如今却已经很少有编辑还用笔写稿。给印刷厂交稿，也以电子文件取代了直接递送原稿纸的方式。在印刷厂，很难再看到师傅用铅制的活字组版植字了。时代变迁，不免让人感慨。虽不是主张回到过去活版印刷的时代，但花森先生喜爱并追求呈现效果的活字，承载着特有的味道和美感，还有源自汉字的丰富表现，以及师傅们纯熟的手工技艺。

我任职期间，《生活手帖》的文本还是活版印刷。与生活手帖社合作的青山印刷厂就位于研究室不远的麻布三桥。

我们经常骑自行车送原稿、取打样稿。在青山印刷厂里，有一位被花森先生和编辑们称为奈部先生的师傅。《生活手帖》的内文印制都由他负责。

在现场，奈部先生把活版印刷的方法和特点巨细无遗地教给我。花森先生从不会手把手地教弟子这些基本常识。师父的教育方针是，"只有自己偷师才能学到真本事"。

奈部先生的手很粗糙，指缝里沾染了黑色的油墨，不离身的工作围裙亦是油迹斑斑，标准的匠人风范。他经手《生活手帖》的内文印刷已有二十多年，经验之丰富，绝非新人编辑可以媲美。

我们每一号的内文都会请知名作家或某个领域的专家撰稿，我也有幸拜读了不少大家的手笔，可谓编辑的福利。但也有叫人头疼的时候，就是碰到字如蚯蚓蠕动般难以辨认的作者，比如——举一位本人已仙逝，应不会记恨我的作家——芹泽光治良先生[1]。

---

1 芹泽光治良（1896—1993）：日本小说家。1930 年发表作品《资产者》，获《改造》杂志小说悬赏奖，从此进入文坛，是"新兴艺术派"的重要成员。

花森安治在印刷厂递交原稿前,都会把奈部先生(右)叫来说明。

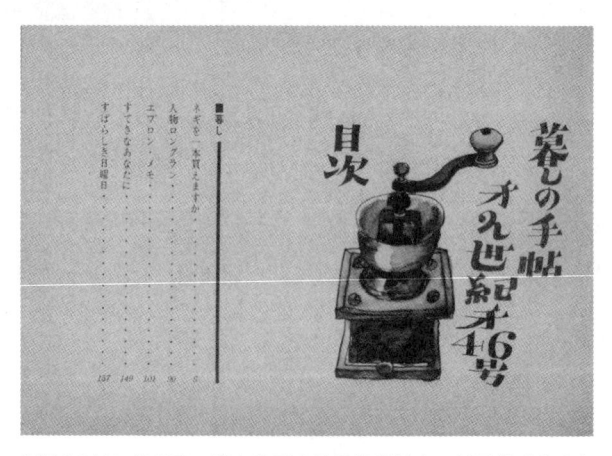

《生活手帖》的目录,基本的要求就是清晰端庄。插图是后来才有的,而圆点的连接线设计则贯穿始终。

芹泽先生写文章时，从不在意稿纸上画好的方格，也不会为了增加稿纸数量而勤于换行。他的字很小，密密麻麻铺满整张纸。（回想起我高中暑假，曾在班主任木下宽老师的推荐下读完了芹泽先生八卷的《人间的命运》。但我读的是已出版成铅字的书，试想若是对着厚厚的原稿，想必在第一页就败下阵来了。）

但当我看到奈部先生排的打样稿时，非常吃惊。不仅都变成了活字，而且根据文章的节奏和发展，做了恰当的换行。这个过程中只要有一处出错，就会发生多米诺骨牌效应，而奈部先生在把握作者整体意图的前提下，把文章排成了活字。编辑和印制的铁律是，哪怕原稿本身存在笔误，未经作者本人许可，都不能修改。

在生活手帖社，文字的校对工作一定由两人一组进行：一个人负责朗读打样稿，另一个人对着原稿检查。包括每一个标点符号，平假名与片假名的区别等，都要读出声，训读汉字有时也需要用音读来明确，以确保和原稿完全一致。

"如果有第三个人站在读打样稿的编辑身边，他能听懂文章的内容，就说明校对的失败。校对不是朗诵一篇文章，而是要把全部注意力集中在每一个字上。"每一号的校对，花森先生都会重复这段话，以警醒我们。

花森先生经常拿来作为榜样举例的是神代种亮先生，甚至奉他为"校对之神"。

花森先生平时反感权威，也抵触搞偶像崇拜，更是很少把谁奉为"神"。有一次他在饭桌上遇到小林秀雄[1]，被喝得醉醺醺的小林先生看上，抓着话头缠住不放，最后实在没辙，只能硬着头皮跑开。结果小林先生破口大骂了一声"傻瓜！"花森先生笑着跟我们说："就算是所谓的'评论之神'，喝醉了得理不饶人的时候，也完全不是那回事儿了。"

即便谈笑间不免露出几分被奉为神的小林秀雄缠住不放的得意，花森安治对个人崇拜的鄙夷仍然十分明确。

唯独对神代种亮先生另当别论。谈及后者时，能明显感受到花森先生语气里的尊敬。花森先生在大学期间与田宫虎彦、冈仓古志郎、杉浦明平等人编辑《帝国大学新闻》

---

[1] 小林秀雄（1902—1983）：日本作家与文艺评论家，日本文艺评论界的灵魂人物。

报的时候，就看过神代种亮先生针对不同作家分门别类做的校对笔记，后来他把从神代先生那儿听来的校对方法论写进文章里：

> 校对的人不能用自己的标准判断正误，要根据作者的那把尺子去测。在我的笔记，也就是"作者的尺子"里，假设以森鸥外使用的"给予"（たもう）这个词做案例，会写得很细：在《舞姬》里是全部写成平假名，在《即兴诗人》里用的则是汉字，但仅有一处会写成平假名。
>
> 所以，在《即兴诗人》里，如果那个地方误用了汉字，就必须纠正过来。即便其他几处都是汉字，如果这一处的误用没有纠正过来，对校对者而言，没有比这更大的耻辱——说这番话时，神代先生的眼神非常犀利。
>
> 如今想来，那天夜里神代先生的这番话，始终盘踞在我心里，挥之不去，彻底改变了我对语言、对日语的看法。
>
> （《一支钢笔》，《我的思索，我的风土》，朝日新闻社，1974年）

《生活手帖》的校对在业界拥有口碑，离不开花森安治平时的严格要求，也和背后有奈部先生这样的印制专家大有关系。奈部先生排版的活字，很少出错，这是我的真切感受。

　　我看了奈部先生排的芹泽光治良的打样稿后，对他说："您居然能看懂这么难认的原稿，太厉害了。"

　　"这都是经验啦。这还算好弄的。字虽然不好认，但文章结构很清晰，所以很好排，即便是认不出来的字，也能根据上下文猜出来。最棘手的是那种字也潦草文章也难懂的，对吧？主语变来变去，或是中途内容突然跑偏了，这种就算排成活字，我还是会很在意啊。"

　　奈部先生个子矮小，脸上棱角分明，毛发稀疏，笑起来带着几分羞涩。和奈部先生一样经验丰富的印刷工匠在全国还有很多，撑起了日本出版业的半边天。

　　在花森先生过世的告别仪式上，奈部先生哭得眼睛通红。在印刷厂的众多工作人员中，我只看到奈部先生流泪。

　　花森先生对于效果达不到自己要求的，即便是社外人员，也会毫不留情大声斥骂。虽然我进社的时候已很少见到这般场面，但跟了《生活手帖》二十多年的奈部先生，想必是被骂得最多的一位印务。平时看奈部先生与花森先生沟通，从不畏缩和过分客气，平等的姿态看着也很舒服，亦可见两人的交情之深。

奈部先生是花森安治信赖、看重的匠人之一。《生活手帖》内页的活版交给他，让人安心。不知这样说，奈部先生是否同意，但我想，他一定从花森安治那里收获了重要的工作经验，是被花森安治培养出来的一位优秀匠人。他的眼泪，让我感到一位失去师父的弟子的悲伤。

奈部先生，如今也和师父去了同一个世界。

文字就是编辑的生命

即便电子打字机再怎么普及,编辑依然需要用笔。

举个例子,比如对原稿的规范要求——字体、字号、字间距、行间距等,都要用红笔正确标示。以照片为主的图书更是如此。三原色(红、蓝、黄)与墨之间的配比,像素密度,以及根据不同的图片指定套印四色的比例,这些数据的差异,会让印出来的图片效果截然不同。为了让编辑的意图准确传达到印制环节,这些信息都必须以翔实的语言和数据呈现。

另外,校对打样稿,也必须用红笔。如果字写不对,校对也就失去了意义。比如,料亭"吉兆"的"吉"字,日文中上半部分是"土"(吉),但经常会被印刷成"吉"。

尤其是如今用激光照排的年轻印务，即便交给他们时特意用红笔标示出来，还是会出错。活版印刷的时代没这种情况。

花森先生对"藏"字尤其在意。如今的"忠臣蔵"，其实应该是"忠臣藏"[1]。

"'藏'本来是带'钥匙'的，'蔵'把关键的'钥匙'丢了。没有'钥匙'的'蔵'，就是个放东西的小房间而已，和放'藏'[2]是两码事。"这是花森先生的见解。过去的库房，一定会配挂锁。这种库房被称为"藏"。但如今作为日语中的常用汉字，都省略成了"蔵"。官员也好，学者也罢，往往装出一本正经的模样，却做着糊弄的事儿。编辑既不是官员，也不是学者，必须以恳切认真的态度对待文字。花森安治曾痛批战后的国语改革。"文字就是编辑的生命"——这句话既是花森安治的口头禅，也是他的编辑哲学。

生活手帖社用的稿纸的规格是二十五格一行，一页十行，基本没变过。编辑规定要用铅笔（一般用2B铅笔），

---

[1] 忠臣藏，根据日本江户时代的元禄赤穗事件（以赤穗藩大石内藏助为首的赤穗家臣47人，为主君报仇的事件，发生在1701年至1703年间）改编的戏剧、电影、舞台剧和电视剧等。
[2] 日语里，"藏"（通常也写成"蔵"）表示放财产或贵重物品的房子。

这样写错了可以用橡皮擦干净。涂涂改改、字迹歪歪扭扭的稿纸,是要被花森先生骂回去的。

特别要注意的一点,是阿拉伯数字。《生活手帖》中即便是竖排的文章,也经常会用到阿拉伯数字。像 1 和 7,或 5 和 8,这样容易混淆的数字,若写得含混不清,花森先生定会发火。毕竟对《生活手帖》而言,数据的错误会成为致命伤。另外,写稿最重要的一件事,便是字体。花森先生对字体有自己的偏好,他曾如此写道:

> 编辑的工作之一,就是阅读原稿或读者来信。……
>
> 收到的稿件,字也有好认和难认之分。无视稿纸的方格设定,随心所欲的文字最叫人头疼。糟糕的字看久了眼睛都累。但字迹秀丽,练得特别漂亮的字,也会让人疲惫。听上去很荒谬,但这是事实。
>
> 最容易阅读的,是严格按稿纸的方格书写,字不论大小都能很工整,也就是接近活字的字体,我称之为"原稿体"。这样的文稿最好读,也不容易累。
>
> (《万物有别》,1967 年第 2 世纪 1 号)

为此,《生活手帖》的编辑中除了一部分怎么也学不会的,大部分都按照"原稿体"的标准书写。其中的最高境界,是能写出跟花森先生一模一样的字。

小榑雅章先生就是模仿花森先生字体的第一人。他的笔迹与花森先生之接近,几乎能乱真,若本人不说明,外人根本无从分别。《身体的读本》一书的监修执笔者、日大骏河台医院的院长石山俊次先生,就曾误把小榑先生写的信当成是花森先生亲自写的,可见其逼真程度。

我也模仿过花森先生的笔迹。虽然他的才华没法模仿,字还是被我学得有模有样。甚至有一次,花森先生误把一份自己写的备忘笔记当成我写的。从那之后,他曾让我来执笔台桌上的"禁止触摸"等注意告示,不料还是有人碰,被他挖苦了一番:"看来你的字没效果啊。"确实,跟小榑先生相比,我的水平还远远不够。

即便字迹可以模仿,花森先生那通俗易懂的文风,却是难以企及的。造就其文章风格的,除了恰到好处的标点位置,还有汉字与假名使用上的精妙平衡,后者最具特点。

即便在同一篇文章里,对于相同的词,花森先生也很

文字就是编辑的生命

少在写法上统一，时而用汉字表示，时而换成假名。这绝非随心所欲或心血来潮之举，而是有意为之。首先，他尽可能把汉字的使用降至最小范围内。假设一行十八个字，那么汉字的量就会控制在三到四个，并且相邻的两行尽可能不同时使用汉字。一篇文章中，他不会连续使用汉字，而是尽可能分散；即便使用汉字，也尽可能挑笔画少的。

这不仅仅依赖写文章的笔力，还在于花森先生对文字的审美品位。这一点是我无论如何偷师也学不来的。特别是在我离开生活手帖社以后，这一点就越发难以做到了。

用词用语应该统一，这似乎是业内不成文的规矩，也是不谙日本传统文学的学者和官员的刻板印象。统一只会破坏语言本身的韵律美感。按理说，只要不影响阅读，使用汉字还是假名都无妨，但如今的规矩却不允许这样，一个单词如果最初用的是汉字，那么通篇都只能用汉字表示。

工藤直子是我偏爱的一位诗人。特别是那首名为《哲学的狮子》的诗，在四十四行诗文里，"哲学"一词出现了十四次，其中以汉字形式出现了三次，却让整首诗活了（《诗的散步道——工藤直子少年诗集·哲学的狮子》，理论社，

1982年）。

如果编辑把这首优美诗文中的这一关键词不假思考，全以假名表现，则节奏和张力尽失，沦为纯粹的罗列；反之，若全部用汉字表达，又让语气变得僵硬刻板。总之，一旦统一表达，这首诗就毁了。同一个单词采用不同的表达方式，以保持新鲜感，从而焕发生命力——工藤女士的诗便是范本，诗人的感性清晰地回响在字里行间。

这便是语言与生俱来的性质。而破坏这一天性的，正是统一用词的一刀切做法。其中全然不见所用语言的真情、哲思，以及审美。花森先生从神代种亮前辈那里学习校对，最重要的领悟，便在这里。

《生活手帖》在文字表现上的错落有致，是花森安治的美学之一。

另外，花森先生一直非常重视手写体文字。

在这方面，花森先生深受其师父、画家佐野繁次郎的影响。应该说不只是手写体，花森先生的设计美学也与佐野先生密不可分。在花森先生生前，但凡关于他的讨论和分析文章，都会提到这一点：

昭和十年（1935年），刚从东大毕业的花森安治，踏入社会的第一步是进入了伊东蝴蝶园（如今的Papilio）宣传部，在画家佐野繁次郎门下学艺。那种宣传风格，俗称Papilio风。

在那里的四五年，他完全吸收了佐野风，即Papilio风的设计美学。这并不限于宣传方式、广告的画风和文案风格，也包括那感伤的语调、手写体的风格，以及对留白的运用，完全脱胎于佐野。

（《男之女装，女之男装——花森安治的思想和生活》，《每天星期日》1954年7月25日）

"完全脱胎于佐野"——言之凿凿，也非妄断。但是，有一件事我始终未想通。

我手上有两本佐野繁次郎先生设计的书，一本是出版于1942年的横光利一的《鸡园》（创元社），另一本是出版于1958年的山本为三郎的《上方今与昔》（文艺春秋新社）。两本书封面的手写体文字均出自佐野先生之手。

但对于这两本书，若非实际看到版权页上设计者的名

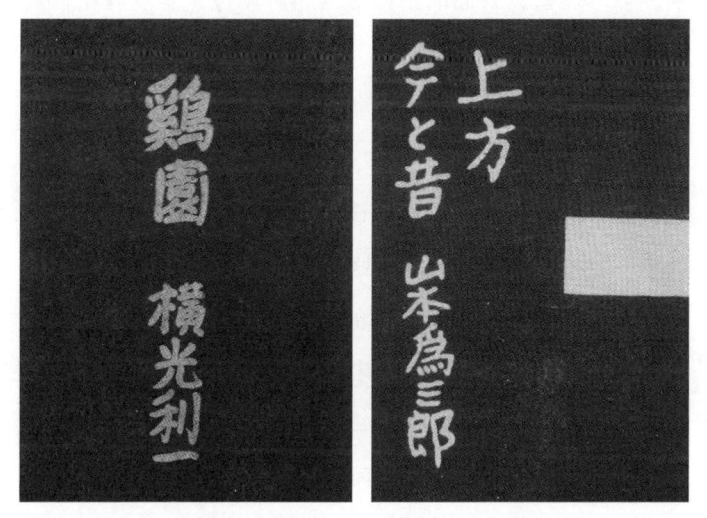

横光利一的《鸡园》（1942年）与山本为三郎的《上方今与昔》（1958年），均为佐野繁次郎装帧设计。

字，很难想象是同一个人设计的。单看《上方今与昔》，确实和花森安治的字体很接近，能感受到佐野先生对他的影响。但《鸡园》封面的字体非常粗犷率性，至少与花森安治的风格大相径庭。

更无法解释的是，1934年花森安治在东大读书期间编辑《帝国大学新闻》，其设计风格就已成型，和他战后的那些设计并无区别。甚至，从山川浩二先生撰写的《昭和广告60年史》中，可以发现伊东蝴蝶园的广告风格，自从花森安治加入以后出现了明显的变化。原先粗犷、涂鸦式的画风，变得干净清晰了。这与其说是佐野先生的设计，不如说更接近花森先生自身的作风。

据说佐野先生生前接受朝日新闻社的大田信男先生（《生活手帖》编辑西村美枝女士的哥哥）采访时曾说："花森的字体、插画的线条，是他自己形成的风格，不是模仿我的。"

我们日本人对手写文字有着独特的感受力。手写体有着活字无法传达的魅力。日本人从拥有文字开始，历经上千年培育出的审美，都直接呈现在了手写文字中。

"怎么样，有能模仿我的编辑吗？有能跟我的手写文字对抗的设计师吗？有的话就放马过来。"我想花森先生就是在如此气魄下，设计着每一个字。

"对编辑来说，字就是生命。"这一点，他本人比任何人的体会都深。花森安治设计的最大特点"留白之美"，也是基于他对字体的重视所形成的美学。

曾为书法吹去新风的书法家石川九杨先生这么写道：

> 一张白纸，呈现的是一片空白，然而一旦被书写了语言，即文字，白纸便转换为背景。书法不仅包含文字的部分，背景的衬托也成就了它。从这个角度来看，书法的主角不仅是置于前景的文字，作为背景的留白也可以转换为主角。

(《书法和文字很有趣》，新潮社，1993年)

花森先生深谙石川先生说的"书法的主角不仅是置于前景的文字，作为背景的留白也可以转换为主角"这一事实。他凭自身经验，充分掌握了书写的文字与背景的关系。因为如果不能领会这一点，即便字写得有模有样，也无法成为设计。平衡感、协调感，都是在对整体的掌控下才能把握的。日本人的眼睛是没法糊弄的。

对于《生活手帖》的封面设计，花森安治常常打破常规。封面上的杂志名"生活手帖"，虽然风格已定，但每一号都会重新写。

杂志名就是一种招牌，不变是常规。而花森安治根据不同的封面图调整"招牌"。虽然他的手写体风格鲜明，整体一致，但每一号的细节都不同。花森先生对常识的突破，从创刊号到他生前经手的最后一号，贯彻始终。正因为是手写，才能做到这一点。但即便如此，我想世界上也没有第二本杂志能像花森安治的《生活手帖》这样独特。

为什么他要做这么麻烦的事？我想，这还是他骨子里的手艺人气质所致。为新的作品孕育新的生命，这是花森安治那颗手艺人的心使然。

屹立于岸边的一根木桩

　　回顾花森安治的人生时，一般外人难以了解，而且还没有任何人提及的一点，是他的宗教观。

　　花森安治并非无神论者，他虽然不从属于任何一个教派或团体，却拥有自己的宗教观。我在试图把握花森安治这个人的"全相"时，在很长的一段时间里忽略了这一点。

　　大部分战前的日本知识分子，都在青春期的学生时代接受过马克思主义的洗礼。通过商品测评与企业对决，从正面对权力予以攻击，这种姿态不免让人误以为花森安治主张左翼的革新思想。但从他与近藤日出造先生的对谈（《周刊读卖》1953年8月23日）中也能看出来，花森先生曾对斯大林进行批判。

对于自己的宗教观，花森先生仅有一次给了我们想象的空间。某天下午三点的下午茶时间，他一个个问我们家里属于什么教派。编辑部里既有牧师的儿子，也有信仰佛教的，等等。至于花森先生为什么会问这个问题——因为他对此有话要说。这是师父表达自己的观点和态度时常用的方式。

"若要推举一位日本的宗教家，我会选日莲[1]。他忍受权力的迫害，仍毅然决然地宣称'日莲是国之柱'。信念之强大，我很欣赏。与国家和权力直面对决的宗教家，在日本除了日莲之外，没有第二人了吧。"

为日莲的意志所动容，这很符合花森先生的宗教观。不过，当时我还并未察觉到他身上的宗教性。就像内村鉴三在《具有代表性的日本人》一书中推举了日莲一样，花森先生也把日莲奉为日本的"知识人"，并给予很高的评价。但他并未像宫泽贤治那样，把日莲宗抑或是《法华经》作为人生的实践指南并奉行。

---

[1] 日莲（1222—1282）：日本镰仓时代的僧人，日本佛教主要宗派日莲宗的宗祖。日莲在世时为了日本的改革，曾试图规谏当时的掌权者，治国应遵循《法华经》的理念。

然而在我逐渐领会花森先生言传身教的过程中，他与德川梦声之间进行的一场关于"宣传"的对谈，让我有颇为意外的发现。

> 梦声：无论是耶稣，还是释迦牟尼，都不输任何一个国家的宣传部部长。他们在学识之外还有来自天国的启示，而且都有雄辩的口才，可谓世界雄辩的巨人啊。
>
> 花森：在日本，也有日莲这样的人呢。
>
> 梦声：哪怕从现代宣传的定义来看，日莲都可谓深谙其奥义的人啊。
>
> 花森：他创的口号，都特别妙。（笑）比如"鸟儿即便哭泣，也没有眼泪。日莲并不哭泣，却眼泪不止"。（笑）
>
> 梦声：就像浪花节[1]。（笑）
>
> 花森：镰仓时代的市民该有多亢奋，完全可以想象。……即便在反击其他宗派上，也不存在知识分子特

---

[1] 浪花节，一种表演形式。起源于江户时代末期的大阪，表演方式是由一个人主讲，配合三味线的伴奏，故又称为"浪曲"。

有的那种微妙的自我反省。以"念佛无间，禅天魔，真言亡国，律国贼"[1]的四格言反击，干脆有力，犹如一阵清风。

（《问答有用·花森安治》，《周刊朝日》1953年5月10日）

非常放松自如的畅谈，想必日莲宗的信徒定会感念。日莲对他宗异派的批判，在日本家喻户晓。但是花森先生的发言却将《诸法实相抄》[2]中只有信徒才知道的内容，非常自然地流露于言谈笑语间。"不存在知识分子特有的那种微妙的自我反省"的表达，也是非常犀利的观点。

花森先生对日莲的了解究竟有多深？能做到如此熟悉，我想是因为从小的信仰熏陶。在《日本大学创立百周年纪念论文集·第二卷》中，朝日新闻社的记者大田信男先生撰写的一篇名为《花森安治与〈生活手帖〉研究——序说》的小论文中，有这么一段：

---

[1] 日莲宗批判其他宗派的四格言。
[2] 《诸法实相抄》是日莲于文永十年（1272年）赐给弟子最莲房日净的信，后收录于《日莲大圣人御书全集》中。

花森一家受其祖父熊二郎的影响，有很深的信仰心。花森少年时经常跟家人一起，去佛立山本法寺（位于神户市兵库区会下山町，日莲宗中的一派）参拜。他发挥自己的绘画才能，在寺庙的儿童会上，把《钵之木》的故事制成连环画戏剧讲给同龄的孩子们听，还会写一些简单的故事剧本，并亲自导演，在同龄人中非常受欢迎。

这里提到的日莲宗一派，是指由幕末出生于京都的长松清风所开创的在家教团"本门佛立宗"。清风之所以能在关西一带拥有众多信众而免于既有教团的迫害和幕府的镇压，普遍的说法是因为幕末的混乱时局搞得人心惶惶，而他把《法华经》的教诲改编成三千多首通俗易懂的和歌，让商人、百姓内心有所依靠。想必花森先生的祖父也受过长松清风的熏陶。花森在祖父的带领下从小经历的宗教体验，无疑在他内心留下了深刻印记。对花森先生来说，日莲定是最具亲和力的宗教家。

坚守主编的岗位直到生命最后一刻，没有指定任何接班人便撒手人寰，这种姿态与宣称"我没有任何弟子"的亲鸾[1]何其相似。比起讲道理，花森先生更重情义。

宗教学者纪野一义先生曾如此描绘日莲：

> 日莲上人具有诗人的特质，情感非常丰富，并且具有很强的直觉。
>
> 如今，最需要这种能力的，正是媒体人。但不是那种招之即来、挥之即去的媒体人，而是有明晰的政治观念，也拥有深厚的文学情操，特别是对生命有深刻思考的媒体人。若要在镰仓时代推举一位这样的人，那毫无疑问是日莲上人。日莲上人的政治感非常敏锐。他既具远见卓识，又对人类怀有深情。
>
> （《大悲如风》，筑摩书房，1968年）

日莲身上的"诗人"气质、语言表达能力，以及良好的政治感，我想花森先生也能感受到。

内村鉴三的结论是"减去了斗争性的日莲，是我等理

---

[1] 亲鸾（1173—1263）：日本佛教净土真宗初祖。其语录集《叹异抄》中有言"亲鸾无一弟子"，意在表示其信徒是受阿弥陀佛的召唤，而非自己的功劳。

想的宗教家"。但对花森安治来说,"减去了斗争性的日莲",魅力何存?

花森先生每次在编辑会议上,一定会大声教育我们的一段话,想必当时在职的编辑,一定都记忆犹新:

> 《生活手帖》是屹立于岸边的一根木桩。
>
> 现在浪花轻拍,谁都看得到它。但别以为这种情况会永远持续下去。总有一天,遇到大风大浪,这根木桩会被巨浪吞没。总有一天,《生活手帖》这根木桩会在大家的视线里消失。但即便如此,也不要一副狼狈相。这根木桩不管遇到什么风浪,都要牢牢立在那儿。

日莲把自己称作"国之柱",花森先生则把《生活手帖》比作"屹立于岸边的一根木桩"。即便形容有所差异,这种类比的相似性,仍不免让人感受到日莲对花森先生的影响。但是,他绝非所谓的"日莲主义者",因他既非国家主义者,也非集权主义者。花森先生教导我们的是,"在做编辑之前,先学会感受个人的苦痛"。

那么,他口中的"屹立于岸边的一根木桩",究竟是怎样的木桩?

比如《妇人公论》的主编三枝佐枝子女士,曾如此归纳《生活手帖》对"战后妇女生活的影响":

第一,对于战败后一无所有的女性而言,《生活手帖》让她们思考如何面对新生活,教会她们活用身边的物品,指向与以往不同的"生活的美学"。

第二,通过摒弃对外在的空洞模仿,《生活手帖》推翻了一直以来压在女性身上的某种权威,根植了合理的精神。而且,这种精神并非来自高处,而是源自生活。通过日常的衣食住,女性以自己的眼睛判断。

第三,让女性从一直以来的束缚中得到解放……

第四,明确女性作为战争牺牲者的角色,同时通过真实的生活告诫女性,要避免这样的悲剧再次发生。

第五,这是花森安治的业绩中最受人瞩目的工作,即通过商品测评,打开消费者的视野,并实现对生产者的督促、警示。通过商品测评,女性能够学会对社会、政治、文化进行反思，提出质疑甚至批判。

(《花森安治——生活民主主义的守护者》，

《中央公论》1973年5月)

社会评论家丸山邦男则如此评价：

《生活手帖》作为日本唯一一本不登广告的杂志而广为人知。但凡对传媒的商业逻辑有所了解的人，都能明白这个选择的不易，及其重要的意义。而让人意外的是，事实正好相反，大部分人似乎没有意识到这一点。……在报刊、图书、电视等大众媒体竞相活跃的盛况下，不登广告的媒体，只有日本放送协会（NHK）和《生活手帖》。仅此两家，这就是现状。

众所周知，NHK以公共放送的名义向收听者收取"广播费"，是国会许可的。NHK的会长由经营委员会选拔，而经营委员会的成员则全部由政府任命，也就是说其隶属于国会与政府（立法机关与行政机关），处于双方的监视和制约下。由此可见，民营企业中不接广告的，除了《生活手帖》找不到第二家。即便是作为公共广播机构的NHK，不放商业广告也难免感受到直接或间接的压力。而凭借自身力量抵抗的，除了《生活手帖》，不存在第二家商业媒体。

(《花森安治》,《人物昭和史4·大众传媒的旗手》，
筑摩书房，1978年)

花森安治本人，究竟是以什么样的心态用"一根木桩"做比方的？

老实说，对此我无法断言。我能做的，是从他生前发表于各处的社会批判文章和散文中寻找答案。从中，确实能发现不少确凿的主张和态度坚决的观点。但当我思考这根"木桩"立足的根基时，最终抵达的，是刊登于1969年第1世纪100号上的《编辑的手帖》一文：

　　无论是在日本还是国外，像我们这一代那么幸运的编辑，也不多见。

　　具体而言，首先一点，就是我们拥有一群高质量的

读者。

或许听上去有违常理，但事实上，杂志是由编辑和读者协作完成的。这是我在二十二年的杂志生涯里深入骨髓的真切感受，绝非诡辩。……

我们第二件幸运之事，是这本杂志至今发行的一百册中，任何一册的任何一页，都没有写过一句违心的话。

这本杂志不登商业广告。为此，我们没有感受过任何压力。

这种姿态，想必今后也绝不会崩解。作为编辑，没有比"不受任何约束，常保自由"更可贵的幸福了。

主编署名发表自己的观点，并多次论述个人的主张，这样的商业杂志，仅此一家。努力做到"不受任何约束，常保自由"的主编，也未有第二人。花森安治和他的《生活手帖》能做到这一点，读者们的支持也必不可少。

《生活手帖》这根"木桩"，在此稳稳地扎下了根。

"谢谢大家"

1978年1月12日,校完编辑生涯中的最后一篇文章《人的手》,花森先生离开研究室,时间大约是晚上八点。

那天他很难得地一个人提前回去了。开年后的写稿、排版、画插图的工作,让第一周异常忙碌。好不容易结束了第2世纪52号的编辑工作,他终于可以松一口气,想必也由此释放了连日来的疲倦。

我被镇子女士叫去搀扶花森先生下楼梯。疲惫感加上摆在那儿的体重,最近这段时间上下楼梯,他都显得很吃力。早上爬楼梯,我都会跟在他身后,两手顶着臀部推他一把。花森先生曾说,刚入行的相扑手在师父上楼的时候都是要这么帮忙的。

花森先生把手搭在我的肩上，正要往下踩楼梯，却突然说："今天算了，我自己下去。"于是他抽回手，独自一步一步走下楼，而我只是配合他的步调，跟着他一起走到了楼下。

到了玄关，我把花森先生的鞋从门槛处稍稍挪开，同时两只摆开一点距离，以方便他套脚。这也是花森先生教我们的。跟脱完鞋归拢摆放不同，穿鞋的时候，如果把鞋跟靠门槛并拢给别人，反而制造了不便。只是这么一个小细节的心思，也会在双方之间制造点滴的舒心。

"人的手，在自己身边，在与他人的联结中，在这人间培育出对美的意识。"花森安治的这段话，说的正是日常生活中的这些点滴。

套上鞋的花森先生，突然转身，微微低头行礼："谢谢大家。"

"干吗呀，真是，您不用这样……"镇子女士挥了挥手，好像要把那句话和行礼一起挥走。我想她也意识到了花森先生的举动异于往常。过去他从未在临走前有过这样的表示。看似是花森先生的玩笑之举，但我想镇子女士当时冥冥中已有预感。花森先生微笑着摆了摆手，出了玄关。当时有五六个编辑跟着去送他。

谁会料想,当时花森先生的这句话,这个举动,饱含了怎样的深意……

那是我见到的花森安治最后的身影。

六十六年的人生。

花森安治如一阵春风,从我面前永远消逝了。

留下一句简单的"谢谢大家",和略带不好意思的微笑,若无其事地踏出研究室,凌然潇洒地走了。

从那天至今,已过去十九个年头。

《生活手帖》在花森先生离世后,依然照常发行至今。不依赖广告收入,以自身鲜明的风格诠释生活美学的姿态,至今未变。虽然不再像蓝纹奶酪的味道那么强烈,却依然是有着浓厚味道的杂志。比起表面的亮丽,这本杂志传达的是编辑的用心。

然而——

在花森安治离世两年后,我因为抑郁症,逃出了《生活手帖》编辑部。

当时我无法面对自己的病情，也不愿去医院就诊吃药。离开的时候，甚至没有向镇子女士递交辞呈。

但也就是在企图离开时，我内心不舍的矛盾，让我意识到花森先生在我身上留下的深刻烙印。

仅仅共事了六年，我并非要炫耀自己从师父那里学到了多少本事。这么说，是因为我离开之后，花森先生曾不断地出现在我的梦里，一脸生气的模样。

梦中的花森先生，不会训人。他一言不发，只是用悲伤的眼瞪着我。这让我一度非常难受。因为不吃药，入睡本就很困难，而一入眠，花森先生的身影便出现了。

究竟为何会这样？想必是对生病的我和逃离的我的双重诅咒。我一时失去了所有的方向，生活陷入无尽的绝望。那是我即将步入三十岁的时候。

总而言之，还是因为那时太年轻了。和花森先生共事的六年里，我并未真正理解他训斥的用意，就像花森先生曾引用的良宽的一首诗所言：视而不见，照面却没有相遇。

但这份羞愧忸怩的心情，掺杂在对花森安治这位了不起的编辑人的回忆中，似乎带给了我重生的信念。在试图理解他的话语、他的存在对我整个人生的影响时，我重新感到了活着的价值。在耽误了初期的治疗而导致慢性化复发的情况下，这份记忆成为治愈我的一剂良药。如拼图一般，一片片拼就花森安治的形象，让我内心获得了救赎。

不知不觉中，出现在梦里的花森先生不再一脸怒气，变得言语温柔起来。而就在我开始期待梦里与他相遇时，他却很少出现了，说来真是奇妙。偶尔现身，我甚至还会抱怨他来得太迟。十几年来，我由此一点点好转。

迟的那个人，其实是我。花森先生的忌日是1月14日。但我总是在15日那天，去增上寺扫墓。没打招呼就离开杂志社的我，没有脸在花森先生的墓前跟大家照面。而单独一个人合掌，似乎更能听清花森先生的声音，让内心熨帖。

九年前开始，我带着妻子和孩子，每次都从青山回程的路上去增上寺祭拜花森先生。妻子的父亲因癌症于1988年1月15日过世，遗骨埋葬在青山墓地。去祭拜花森先生的日子，正好是岳父的忌日，不能不让人感到这也是一种缘分。花森先生的太太也过世六年之久了。

实不相瞒，当我第一次看到花森先生的遗像和他太太百代夫人的遗像摆在一起时，内心无法释然。花森先生的太太对他有爱慕之情吗？

我入社以来，花森先生到了冬天偶尔需要住院。这是他极其厌恶的事情，若不是主治医生小林太刀男的强烈建议，他决不肯往医院跑。甚至有一次为了不去医院，他倔强地睡在了研究室："与其入院，我情愿睡这里。"这种时候，往往研究室会留几位部员，彻夜照看他。而无论是他住院，还是留宿在研究室，我都从未见过他太太的身影。连电话也没有来过。

这究竟是怎样的夫妻？难道不挂念丈夫的病情吗？在很长一段时间里，我都无法理解，甚至有些同情花森先生。但事实真的如我所想的那样吗？

1996年1月15日，东京迎来了一个久违的温暖的成人节。往年总是嫌天气太冷的岳母，也难得跟我们一块儿去扫墓。

花森先生的灵堂安静地点着香，一如往常。前一天放着的鲜花、点心已经被寺庙清理了，这也是惯例，迎接我们的是花森夫妇遗像上的笑容。但不知为何，我突然感受到一丝有别于以往的异样。

妻子把带来的黄色康乃馨装入花瓶。甜点则是惯常的巧克力。我知道前一天，一定有人带了和果子，也知道如果连着两天都是和果子，定不称师父的意……

家人一起合掌祭拜后，正要回去时，岳母扯开她的大嗓门说道："这个人是花森先生的太太啊？真是个美人儿。"

"是的，据说是松江第一美女呢。"

我这么作答。内心豁然开朗。的确有什么变了。明明是同样的相片，如今看来，却是一对无比幸福恩爱的夫妇。为什么这样……

花森安治的碑，花森百代的碑，两座灵牌。

比翼冢——这个词突然在我耳边回响。

对花森先生来说，《生活手帖》不正是小春[1]吗？有百

---

[1] 取自江户时代剧作家近松门左卫门根据真实事件改编的殉情故事《心中天网岛》。讲述经营纸店的治兵卫与妻子育有两个孩子，然而又和游女小春相爱，甚至相互许下殉情的承诺。妻子写信给小春，请求小春救丈夫一命。后来妻子又察觉小春决定一个人赴死，便拿出自己所有的家当和嫁妆，让治兵卫赶去为小春赎身，但最终未改变两人殉情的命运。

代夫人这样美丽的妻子在身边，花森先生又像治兵卫那样，与游女小春相爱，并以身相许。花森先生能为工作奉献一切，不正是因为有妻子这样坚强的后盾吗？

不管外人怎么看待，如何评价，在背后默默支撑花森先生的，必然是妻子。这样的妻子，又为何要在小春面前露脸呢？夫妻之间的情谊，不是能从表面看透的。

我可谓是被花森先生夫妇的演技蒙蔽了，意识到自己的糊涂时，花森先生对孩子的爱才慢慢浮现出来。

孙子来东京过暑假时，花森先生把他带来了研究室，一整天都笑眯眯的，一扫平日的威严形象。但即便如此，他依然没忘记自己的身份。

尽管归家陪孙子心切，他从未让自己的私事影响工作。这展现了他的大爱。

花森安治为《生活手帖》献出半生，虽然在很多方面显出他的独裁和无情，却绝非出于利己之心，并非无慈悲之怀。那是有着坚韧意志的人才能展现的公正之态。

他的伟岸形象，也终于在我心中凝成。不仅是对部员，对家人也不近人情，而对哪怕微不足道的小事，都尽全力与热情,将手艺人精神贯穿整个编辑生涯。

"谢谢大家。"

这正是为工作燃烧生命的花森安治,在人生的最后时刻,传达给我们的意味深长的信息。

1969年4月，纪念创刊100号的庆祝活动在研究室举办，核心创始人都收到了鲜花。前排右起分别为松本政利先生、大桥镇子女士、花森先生、横山启一先生（晴子女士的先生），后排右起分别为中野家子女士、大桥芳子女士、大畑威先生、横山晴子女士（镇子女士的二妹）。

后记

如果花森先生现在还活着，会如何追索对真实生活的理想？回想与他共事的六年编辑生涯，我不断追问自己。

花森安治通过商品测评为普通人的生活提供种种意见与参考，获得无数读者的共鸣，他的眼光是超前的。同样，花森先生在二十年前就预见到日本陷入泡沫经济以后，大企业家和政治家们会为了资本而践踏我们的生活。扭曲的医疗行政制度对药品问题放任不管，甚至压榨健康保险的财政乱象，他也在三十年前预料到了。

但当我回忆花森安治这位伟大的媒体人时，并未停留在他对时代的解读和批判上。拥有超前眼光的同时，他还是一位与时俱进、不断更新自身的人，他身上的能量是惊人的。但凡是他觉得好的，不问古今东西，他都会融入自己的思想，放进工作里。翻开三十甚至四十年前的《生活手帖》，其内容和形式依然不显陈旧，反而有种新鲜的感动。而之所以能做到这一点，正是花森安治的能量与创造力使然。这背后，是他作为一个人所怀有的理想在支撑。他把人的生活该有的模样，作为一生的理想追求。

花森安治是取之不尽的，引我不懈去探讨、发现，并有所收获。我和花森先生的对话，还将持续下去。

在这样一个时代，我希望能和更多人，特别是对花森先生陌生的年青一代，一起思考他所追求的理想。

今年春天，我母亲过世了。

我母亲是《生活手帖》的忠实读者。但唯有在味噌汤的做法上，母亲固守自己的方式——在前一天晚上把小鱼干浸入锅里，第二天直接放其他料一起煮。母亲不准长身体的我把小鱼干剩下，说可以健骨。当时不情愿吃下的小鱼干，那种腥味，如今让我怀念无比。

最后，在这本书出版之际，要感谢晶文社的津野海太郎先生的支持，为本书排版的立足惠美女士，负责装帧的平野甲贺先生，提供照片和资料的生活手帖社前辈河津一哉先生、横佩道彦先生，与我同期的中川显先生、田中章先生，还有帮我策划的梅田幸雄先生。衷心感谢大家的帮助。

　　　　　　　　　　　　　　　一九九七年 夏
　　　　　　　　　　　　　　　唐泽平吉

文库版后记

借此次出版文库版的机会，重读旧作。二十年前的文字，让我倍感笔拙。尽管行文粗疏，但那就是我对花森先生的真切感受，希望把这份真实传达给读者，故几乎没做任何改动。

对于初遇这本书的年轻读者，这里所描绘的主编一人拍板的编辑现场，可能会被误认为是滥用职权。但无论在什么时代，若想真正创造出好东西，论谁都会废寝忘食，拼尽全力。当完成的那一刻，一直以来的辛苦都会化为喜悦，能在天才主编的门下工作，也让小生我甚为荣幸。

花森安治是非常注重"感性"的编辑。他对一切事物都拒绝先入为主之见，而是用自己的双手把握、五感体会，由此抓住真实，探索更好的生活样貌。读了拙著的精神科医生中井久夫先生，把花森安治的这份编辑态度，比作一种名为"亲试实验"的古方牌汉方医学的临床手法。荣格学派心理分析师河合隼雄先生，在比较与西欧理性主义的不同时，把花森先生称作"手感的思想家"。因花森先生的方式，凝聚了日本文化的传统智慧。

两位老师都在心理研究领域有着卓越的贡献，出版了多部具有启蒙意义的著作。他们都是花森先生编辑的《生活手帖》的读者。我因为抑郁症而有缘与两位老师相遇，通过阅读了解到了病的本质，化解了不安，也逐渐治愈了身心。在此深深感谢这缘分。

初版至今的二十年里，大桥镇子与芳子姐妹、宫岸毅先生、横佩道彦先生等曾与花森先生共事多年的老同事，也相继离开了人世。对于日本社会如今的状况，想必他们在天国也会扼腕叹息。

文库本的责任编辑北村恭子女士为图片的调整费了心力，在此表示感谢。另外，在土井蓝生女士的协助下，大久保明子女士为我设计了封面,还有河津一哉先生等。承蒙所有人的照顾,在此一并致以诚挚谢意。

二〇一六年 春

唐泽平吉 于伊那谷